新世紀叢書

當代重要思潮・人文心靈・宗教・社會文化關懷

醜聞

【目錄】本書總頁數共304頁

《醜聞》是一部探討人心深處的作品。宛如窺視深洞似地，這部小說所要探討的是光線達不到的黑暗世界。

因此，它的風格和我以前所有的小說完全不同，我採用了類似推理小說的手法，書中的主角好像刑警在追查犯人似的，一直在「尋找另一個自己」。

這次，《醜聞》由我敬愛的拜把兄弟林水福老師譯出，我感到無上的喜悅！

——遠藤周作，見本書頁二六八

譯者二〇一五年序

《醜聞》的世界

林水福

一、無法歸類的《醜聞》

遠藤周作以宗教為主題的小說，可大分為純文學作品，如：《白色人種》、《海與毒藥》、《沉默》、《武士》、《深河》等；中間性文學如：《我．拋棄了的．女人》、《絲瓜君》、《傻瓜先生》。此外還有遠藤自己研讀聖經的心得衍化而成的作品如：《耶穌的生涯》、《聖經的女性》、《基督的誕生》。歷史小說如：《女人的一生》、《宿敵》、《男人的一生》、《決戰之時》、《王之輓歌》、《叛逆》。一般小說如《遠藤周作怪奇小說集》、《遠藤周作幽默小說集》。

然而，一九八六年發表的《醜聞》，在遠藤文學系列裡，無法歸類，是非常特別的一部作品。

狗吸引人，乃改成現名。

二、描寫現實的一面，也描寫潛藏的一面

《醜聞》這部小說，遠藤本想取名為《老人的祈禱》，但出版社認為原題力量薄弱，不夠吸引人，乃改成現名。

故事的梗概是：六十五歲的天主教作家勝呂，在頒獎典禮的晚上突然看到自己的幻影——和自己一模一樣的男子；而這位男子（社會上認為是作家勝呂本身）經常出入歌舞伎町不良場所的謠言，逐漸傳開來，勝呂於是想追查真相。後來無意中認識了成瀨夫人，藉著她的幫忙，勝呂最後在旅館中看到假冒者的真面目——那不是別人，正是自己。此外，故事環繞著：想揭發勝呂醜聞的採訪記者小針，以及和成瀨夫人陷於ＳＭ（虐待狂與被虐待狂）遊戲，最後走向不歸路的街頭畫家糸井素子；同是筆會理事的好友作家加納，一直擔心謠言會對勝呂有不利的影響，最後遽然死亡。還有一直生活在遠離他不安與苦惱世界中的妻子。心地善良的女中學生森田蜜，勝呂介紹她到自己的寫作坊工讀，後來森田蜜在醫院裡和擔任義工的成瀨夫人認識，上述勝呂發現假冒者的一幕，就是在旅館中和森田蜜發生肉體關係時發現的。醜聞事件在出版社社長向小針買下照片的底片中落幕了，然而深夜裡宛如要揭發他真相的電話，卻仍然響起，似乎在說明勝呂的不安仍未消失，也預告著勝呂（作家）新的出發！

表面上看來，這部小說似乎是採用日本「私小說」的寫法（其實比私小說更繁雜），把作者身旁發生的事直截了當寫出來，而且從主角勝呂與少女森田蜜發生關係的描寫和窺視

屋、ＳＭ遊戲、幼兒遊戲等的描寫來看，也難怪有人把它當成是風俗小說，認為「觀察、取材自日新月異的新宿〈黃色產業〉的成果，構成《醜聞》這部小說的核心部分」。

事實上對窺視屋、ＳＭ遊戲等的描寫不過是這部小說的表層罷了，絕不是這部小說的核心部分。

遠藤要探討的一個大目標仍然是人。《醜聞》中他再次提出：「最重要的是描寫人。」「這是作家的第一目的，最重要的是探討人的內心深處，這是作家的絕對義務。而這個目的與義務，無論他是左翼作家也好，或是像我一樣不是純正的天主教徒也好，是不會改變的。至少到目前為止，我並沒有因自己的宗教信仰而美化了作品中的人性。」一九八六年訪台期間，作者曾說：「人，除了生活在現實社會中的自己之外，還隱藏著不輕易露出的另一方面，不管是現實的一面或是隱藏的另一面，毫無疑問的都是自己。只描寫現實生活中的一面是宗教，而不是文學。」

這部小說裡的勝呂因為年老，一方面感受到死亡的壓力，另一方面也企盼恢復年輕時代的活力。透過對森田蜜肉體的需求，代表著對失去東西之惋惜與尋求恢復的心理，而主角勝呂表面上是功成名就的大作家，但代表著隱藏的另一面的假冒者，出入窺視屋、幼兒遊戲等風化場所，以及勝呂對成瀨夫人感到「性」趣，假冒者最後和森回蜜發生肉體關係等來看，正是現實生活面——勝呂，與隱藏著的另一面——假冒者的基本構造的交織運用。

另外，年輕的中學女生森田蜜與年老的勝呂相對，扮演的是「性慾」的問題。

三、年老、性、惡的探討

遠藤六十歲左右撰寫《醜聞》，六十雖不算高齡，但是對肺部動過三次大手術的人來說，難免意識到年老，意識到死亡腳步的接近，因此有「只要把以前的創作再加深就可以了，不想再突破，也不去冒險」的「苟安」心理產生；但是，另一方面：「由於年老的緣故，對無意識之底，像大宇宙似的包圍自己的世界的感覺越發強烈。」遠藤想寫的不只是意識的生活，還要描繪出「包圍著另一個自己，給予愛和慈悲，充滿著光的世界」。

成瀨夫人扮演的「惡」的角色。成瀨夫人表面上是大學教授的遺孀，白天到醫院當義工照顧兒童，甚至於祈求上帝，願意代替小孩去死；但是另一面卻和糸井素子沉溺於SM遊戲，以及聽丈夫訴說在中國戰場上用火燒房屋，把從屋中逃出的女人、小孩射殺的故事時，竟產生從未有過的、無可言喻的快感，這是成瀨夫人隱藏著的另一個面目。她從第二章才出現，到了故事尾端，從旅館中消失後即未再出現，明顯的是象徵性人物，比喻性角色。

另外森田蜜身上透露出的「性慾」問題，也是遠藤早就想探討的東西。早在到法國留學之前寫的評論〈富蘭索克．摩略克〉中，評論摩略克信與認識的問題後說：你現在剩下的只是「性慾」的問題。

再者，一九五〇年六月到一九五二年八月為止的〈作家日記〉（留法日記）中一再出現如：「想追求的是徹底探討性慾的問題」、「想探看性慾中人的根源之祕密」等字眼。《醜聞》中，作者描寫：

看著少女的裸體，……在這天真的睡臉和尚未完全成熟的乳房上，卻存在著未來。勝呂心想要是把臉湊近那硬挺的乳房，一定可以嗅到蘋果般的芬芳，那是成熟女人——但同時也隱藏著衰老陰影——的乳房，絕對聞不到的香味。勝呂有一股衝動想盡興地吸那香味，只要吸那香味，這老朽的心靈和體力都會恢復過來。

男人體會到的感覺直接傳給勝呂。和自己一模一樣的臉接近少女的腹部，好像把臉埋在太陽底下曬的棉被，有著像砂的味道，柔軟的觸感……閉上眼睛聽著從腹部深處傳來的聲音。那是血液流動的聲音？或是脈搏的聲音？在早春的村子裡，他曾經聽過相同的聲音。那不是現實的聲音，是林中所有的樹木吸收宇宙的生命，膨脹、萌芽，要吐出紅色新芽的聲音。假如生命裡存在著聲音，那麼少女無垢的體中，現在響著的就是那種聲音。

勝呂想吸入這些生命的聲音，想吸取這生命。不知何時他與男子竟合而為一，把嘴貼在蜜的腹部，用力吸著，舌頭在乳頭四周也在頸上蠕動，和夫人一樣想把蜜的生命轉移到自己體內……為了挽回生機，他像蜘蛛捕捉住餌食蝶的時候一樣從蜜的身體吸取生氣。腹部和乳房上，老人舔過之處留下唾液的痕跡發出亮光。要把這肉體弄得更髒，這是接近死亡的人對充滿生命力者的嫉妒。這嫉妒混合著快樂，在舌頭舔著的時候熾烈地燃燒，他不由得把手放在少女的脖子上……。

除了在森田蜜身上對性的描繪著色較為濃豔之外，在成瀨夫人、糸井素子等的身上，作者也都刻意塗上幾筆。作者是想從性慾當中顯現出「惡」，而惡中往往含有官能享樂，很容易使人一直沉淪下去，終至於無法自拔？素子的自我結束生命，不也就是「惡是在下降中不斷追求無限的快樂終至於無，亦即死亡」的一個「實例」嗎？

四、結語

罪是下降的，但是當發條反彈，仍有救贖的可能；而惡是在下降中不斷追求無限的快樂終至於無，亦即死亡。

遠藤認為任何罪中都隱含再生的可能，都可以獲得救贖。至於「惡」是否也有獲得救贖的可能呢？

醜聞
スキャンダル

1

陳舊的椅子也許好久沒上油了。醫生看完檢查表轉過身時，發出「吱——」的聲音。對這聲音，勝呂來這家醫院幾次之後就習慣了。醫生經常在發出「吱——」的聲音之後才慢慢開口，今天也不例外。

「GOT四十三，GPT五十八，嗯，這次比標準值稍微高了一些；不過，一定不能太操勞，記得以前太操勞時，還超過四〇〇呢。」

「是！」

「肝要是硬化了，會有轉變成癌症的危險，所以，無論如何都不能勉強。」

這一段本來很放心的心情像蒸汽似地消失了，是因為上個月檢查完後，工作對身體造成相當大的負擔，因此感到不安。勝呂道了謝，心想這下可以安心地出席頒獎典禮。

勝呂一看到在雨中沉默的皇宮，不知怎的就覺得很踏實。東京的風景，他特別喜歡這裡。轎車在沿著護城河的道路上奔向會場。

勝呂斜靠在車內的靠手上，望著沿車窗流下的雨水，心想這次花了三年完成的作品，等一下就要領獎了。自從當了作家之後，得過幾次獎，而且現在都超過六十五歲了，對於得獎就不像年輕時那麼興奮；不過，作品得到好評，也有助於自尊心的提升；然而自尊心的提升並不是現在心情的一切，更重要的是這部小說融合了自己的人生和文學，對這點他感到深深的滿足！

轎車停下來，服務生打開車門。服務生的制服有股潮濕的味道。主辦今晚頒獎典禮的出版社的年輕職員，已在自動門前方恭候著。

「恭喜您！我也感到與有榮焉！」

栗本是這次得獎小說的編輯，也是協助者。幫忙找資料，對「取材旅行」準備得相當周到。

「這都是靠你幫忙的。」

「哪裡的話，不過，真是太好了，這是您文學上的最高傑作。我們到休息室去吧！評審委員們來了。」

典禮依請帖上的時間舉行。以設置有高麥克風的講台為中心，把得獎的他和評審委員分成左右兩邊，對面坐著大約百餘名賓客。社長致辭之後，接著是評審委員之一的加納演講。

勝呂和加納大約是同一時期登上文壇的，兩人的交情已經超過三十年。年輕時，彼此對於對方的作品都很敏感，有時反對，有時共鳴，過了四十歲之後，明白彼此的不同，就各走各的路。

加納面對來賓，暢談他對勝呂作品的印象，右肩稍微高聳。他和勝呂一樣，年輕時患過肺結核，動過胸部成形手術，手術後的右肩疲勞時就會自然抬起。雙肩傾斜之處顯現出這個男人的老態。加納的心臟不好，如同勝呂為肝病所苦一樣，口袋裡常放著尼特洛藥。

「勝呂在日本以天主教徒的身分成長，這對他來說我想在某種意義上是幸福的，可是在某種意義上也是不幸的。」

擅長演講的加納，為了使大家對得獎者的文學核心問題感到興趣和好奇，採取「迂迴戰術」。

「勝呂的不幸是：在日本這風土中，必須把我們難以瞭解的神，當作已經瞭解的東西思考。因此，剛開始時，我們對他所說的不理不睬。從一開始勝呂就為自己想說的話所苦，如何把神的故事傳達給毫無天主教背景的多數日本人呢？轉眼間這已經是三十年前的往事了；換句話說，在戰爭結束後不久我們就認識了。那時候的他，經常是一副憂鬱的臉。」

三十幾年前在靠近目黑車站，名叫福助的小酒館裡，室內瀰漫著陳舊榻榻米味道的二樓又浮現眼前。夏日黃昏，窗上斜掛著遮陽的窗簾，路上傳來不知是誰吹奏的喇叭聲。五、六個青年斜靠在掛著月曆的牆壁上，環抱雙膝，嚴厲批評勝呂。月曆上，泳裝打扮的少女，戴著太陽眼鏡驕傲似地站立著，那時候的少女模仿駐日美軍的女人戴太陽眼鏡。當時身材削瘦，顴骨突出的加納也在這群批評者當中。

「勝呂寫的東西總有讓人無法相信的地方。」

名叫斯波的男子用小指挖著耳朵說。

「勝呂還沒有掌握到真正的自己。讓人覺得只是用腦子想出來的，不是真實的東西。」

對這些批評，勝呂無法反駁。

「這小子寫的小說，有許多地方連他自己都沒弄清楚，談論神倒也無所謂，只是那思想不知是從哪位西洋人那兒借來的，不能完全相信！」

斯波邊說，邊用白眼往這邊瞧。他似乎計算著自己的話到底會傷害勝呂到什麼程度呢！

「小說和隨筆是不同的！你想過用意象能把自己的主題表現到什麼程度？我很懷疑。」

勝呂把已經衝到喉頭想分辯的話，給硬吞下去了；因為說出來只是徒然拉長自己和朋友之間難以超越的距離罷了。

（你們根本不瞭解一個男天主教徒在日本寫小說的困難！）

他把這句話和殘留在杯中的少許啤酒惋惜地飲下。可是，喝下的同時，勝呂明白斯波對他的批評自己無法反駁了。因為自己也隱約覺得內心深處似乎還隱藏著某些東西。

「那時候，在我們當中他經常像是被虐待的小孩。我們甚至曾硬要他放棄當天主教徒。戰後，年輕的我們認為宗教就是弗洛依德所說的，由阿底帕斯情結產生的父親形象的擴大；是馬克思所說的鴉片、不合理性的迷信，天主教是不合日本人傳統的偽善者。總之，我們不瞭解勝呂為什麼不能放棄西方的神，這麼麻煩的東西。何況他又不是自願領洗的，是小時候聽從已逝母親的意思而領洗，所以我們認為他的信仰不過是因『習慣』或『惰性』而產生的。各位都知道勝呂後來也以『切支丹時代』（註：即 Christian 的日文音譯）為素材發表了幾篇作品，描繪被蠻橫無理的官吏強迫棄教的可憐信徒。寫那些東西時，在他的念頭裡或許我也以心腸狠毒的官吏面貌出現吧！」

一片笑聲響起。勝呂也苦笑，覺得朋友的演講真是高明。擠滿小小大廳的賓客視線全被加納吸引住。

「不過那時候，他經常提出辯駁。他說被神『逮到』的人就再也逃不了了。當然，我們是不會相信這麼幼稚的話。可是勝呂後來在超過三十年的作家生涯中卻頑固地證明了這句話給我們看，他把調和日本風土和宗教當作他的文學課題。到目前為止的幾部作品就是他的奮鬥過程，而這次的得獎作品正是他的成果。」

讓觀眾輕鬆笑過後，引入嚴肅的主題，使演講產生「節奏感」。從坐在來賓席的幾位女性的表情來看，對這節奏感馬上有了反應。加納當然也注意到了，偶爾偷瞄一下她們的表情，似乎在計算自己演說的效果。

「不過，勝呂了不起的地方是他並沒有因為宗教而把文學給犧牲掉了；也沒有把文學當成和我們關係淡薄的宗教的『工具』。換句話說，勝呂對於以其信仰而言感到厭惡的，人的醜陋、下流、骯髒的領域，也以小說家的身分深入探討。因此他的小說沒有變成『為作者服務』的小說。」

加納知道說這些會刺激勝呂的自尊心。那是某一時期特別讓勝呂感到痛苦的問題。勝呂還記得那時他尊敬的外國老神父對他說：

「你、為什麼、不寫更美、更好的、故事呢？」

這麼問的老神父是勝呂從孩提時代就認識的。從戰前就在大阪的貧民街賣乳酪，照顧病人和孤兒，日本人稱他「外國良寬」（註：良寬，一七五八～一八三一年，江戶後期曹洞宗的僧侶、歌人、漢詩人、書法家），認為是怪異的人；他有一雙葡萄色的眼睛和如嬰兒般的天真笑容，只要一照面就會把對方頑固的心軟化掉。勝呂每次看到他就不由得想起聖經裡的詞句：「好幸福呀！溫和的人。」

有一天，這位老神父表情極為悲傷，嘀咕地說：

「過年時我讀了你的小說。雖然有許多很難的漢字，還是讀完了。我可以問你一些問題嗎？」

「當然可以。」

「你、為什麼、不寫更美、更好的、故事呢？」

這句話和那出自內心的悲痛表情，卻使勝呂後來在小小的寫作室裡移動鉛筆時，也感到心痛。

儘管這樣，他後來也沒寫過美的、純淨的小說。他的筆無論如何總會描繪作品中人物黑暗、醜陋的部分。身為小說家的他，不能忽略也無法漠視人擁有的是怎樣的世界。

然而，描寫小說人物的狠毒心腸時，感覺自己的心腸也同樣變黑。為了描寫醜陋的心，非讓自己的心也變醜陋不可。為了描寫嫉妒，不得不先把自己也浸泡在嫉妒之中，不能不先弄髒自己。小說寫得越多，勝呂越瞭解人心深處發出的是怎樣的臭氣。有一陣子，他經常憶起那張臉和那句話。

「你、為什麼、不寫更美、更好的、故事呢？」

隨著歲月流轉，勝呂對這問題想出了他自己的答案。因為他感到：如果那是真正的宗教，對人內心響起的黑暗旋律、不堪入耳的聲響、厭煩的噪音也會有反應的。這種感覺在他作品中逐漸變成信心，他總算從不安中獲得救贖。

「勝呂文學的特徵是：他為宗教中的罪尋找出新的意義和價值，很可惜，非宗教信徒的我對罪是什麼完全不瞭解。」

加納講到這裡，故意做出諷刺性的沉默，有些聽眾被這沉默吸引，發出笑聲。

「喜愛描寫人的罪的勝呂，暗中摸索的結果是如作品中所顯示的人在犯罪時也隱藏『再生』的慾望。勝呂說，任何罪，都隱藏著希望從現在令人窒息的生活或人生中，找出活路的慾望。我想或許這就是勝呂文學的特性。而這次的得獎作品很圓融地描繪他獨特的見解。」

加納這時似乎想起遙遠的往事，以沉靜的語氣說：

「我和勝呂的交往已超過三十年，仔細想想他大約從十年前開始，心境轉為『無人之秋暮』。我們小說家年過五十之後，對多年老友的文學雖然敬佩，但不會受影響，相反地，會在自己的文學園地，一鏟一鋤地不斷挖掘、開墾，至死方休。我想勝呂和我都一樣。」

加納讓大家靜心傾聽，準備進入結尾部分。

剛才接待他到休息室的編輯栗本站在來賓席後面。他帶領遲到的來賓到空位上，也想一睹勝呂領獎時的風采。勝呂心想，事後要好好慰勞一下寫這部小說期間默默幫他的這位青年。

栗本旁邊站著別家出版社的女編輯。勝呂雖然不知道她的名字，不過記得每次到那家出版社，經常在玄關碰到她，小個子、微胖，臉上有酒窩，很討人喜歡。在栗本和那位年輕女編輯的背後，還有另一張臉。

勝呂眨了眨眼睛，無疑那是他自己的臉。臉上有著既不是淺笑也不是嘲笑的微笑。

勝呂又眨了幾次眼睛，再看時，栗本和女編輯背後，空無一人。

宴會開始了。

場內以受歡迎的作家和畫家為中心自然形成了幾個圈子，閉上眼睛，彷彿聽到在高笑聲和喧鬧聲中夾雜著皮鞋聲，聽來像是臼磨麵粉的聲音。有賓客聚集在緊靠著牆壁的壽司和麵攤前，其中來幫忙的女服務生的白嫩臉蛋特別顯眼。

「謝謝您說好話。」

勝呂拍拍正在逗三、四個編輯笑的加納稍微向右高聳的肩膀。

「啊，那樣的演講，還好嗎？」

加納為了掩飾尷尬，馬上改變話題。

「你好像瘦了，怎麼樣，還好嗎？」

「還好。不過，到了這把年紀，身體要是有哪個地方疼痛也不奇怪。」

「我剛剛還說著呢。這一陣子，記憶力衰退得緊，看過的書很快就忘得一乾二淨。像這樣的宴會，有時再怎麼也想不起來跟我談話的人的名字。」

「我也一樣呀！」

「眼睛、牙齒、還有……，我有感覺的是眼睛、記憶力、牙齒。早就不好的心臟還不包括在內。」

「那方面怎麼樣呢？」年輕編輯問。

「哪方面？哦！衰退了。勝呂怎麼樣？」

加納以惡作劇的眼光看勝呂。

「你是虔誠的天主教徒，而且你太太又是個貞女。勝呂到那年齡為止從沒有真正地玩過吧？還是瞞著我們偷偷地玩呢？」

「這是連老婆都不能說的祕密，怎麼可以輕易告訴別人呢？」

勝呂現在跟以前不同，對朋友這種不懷惡意的玩笑已能應付自如。

勝呂在這圈子聊了一陣子之後，轉到別處去。那裡，文壇耆老瀨木氏和岩下氏正談笑著。

「勝呂君！這次得獎的小說是你作品當中最好的吧？」

端著裝葡萄酒的杯子，臉紅紅的評論家岩下氏，擁抱勝呂稱讚著。岩下氏不只是文壇的前輩，也是同一所大學的學長，因此經常護著勝呂。

「沒錯吧！」

岩下氏對同樣是評論家的瀨木氏催促他同意似地說。

「我並非毫無異議，」微胖的瀨木氏苦笑，「不過在今天慶祝宴席上就不談了。」

「你不必介意！瀨木君一向都很嚴格的。」

「評論家不嚴格怎麼行呢？」

諸如此類的對話是文壇特有的現象，三十年來勝呂在宴會、酒席和座談會上已聽過無數這樣的對話。不過對女服務生遞過來的加水威士忌的酒杯只沾唇而不喝的瀨木氏，對這次作品要是有所不滿，會是哪一部分呢？勝呂似乎猜得出來。

（即使有人批評也改變不了現況，）他微笑著心裡卻反駁道。（我在這次作品中融合了自己的人生與文學。無論誰怎麼批評也無濟於事。）

這時，他想起栗本說的「您文學的最高傑作」又一次感到小小的充實感。這時正好有人來找他們兩人談話，勝呂趁機移動腳步打算加入別的圈子。

「勝呂先生！」

這時，有位三十七、八歲的陌生女性熱情地拉著他的上衣。張開嘴笑的前齒沾了口紅顯得髒髒的。她的右手拿著點燃的香菸，左手拿著加了水的酒杯。

「您忘記我了？」

勝呂眨眨眼。如加納說的，到了這年齡，對只見過一、兩次面的人大都記不得名字和臉。

「討厭哪！」女人嬌笑著說，「在新宿見過呀！我們在路旁給人畫肖像畫時……」

「在哪裡呢？」

「在櫻花街呀！您好壞啊！」

「妳弄錯了，那不是我。」

「還裝糊塗？你不是說過要參觀我們的展覽？我的朋友還替你畫了肖像畫呀，不是嗎？還有哪……」

到底是醉了，還是怎的？女人抓著勝呂的上衣另有含意地使了眼色。就像在新宿和六本木閒蕩，想當女設計師或裝作女明星的少女的樣子，這個女的牙齒沾了口紅。

「妳會不會認錯人了？」

「是嗎？好！我懂了。你是不想讓人知道深夜和我們一起遊蕩的事吧！因為是天主教徒！我忘了，沒把場面話和真心話弄清楚……」

來糾纏的她用力地抓住他的上衣，想把勝呂拉到別的談話圈子。碰巧報社的攝影師把燈光打在他身上，尷尬的臉上反射性地勉強擠出笑容。

「唉呀！又在裝腔作勢了！」她從旁邊諷刺。「這次是真的，還是裝出來的呢？勝呂先生！」

周遭的眼光都集中過來，對勝呂打個問號，他故意聳聳肩，做出無可奈何的樣子，勉強裝出笑容。

栗本跑過來推也似地把那女人帶走，很快就回來了，說：

「對不起！不知道是誰帶她來的。我把她推進電梯裡讓她回去。」

「傷腦筋！死纏活纏地……」

勝呂擔心栗本會不會真的懷疑自己。

「她說深夜在新宿的櫻花街和我見過面。」

「是呀！大喊小叫的！」

「櫻花街，在哪裡？」

「是在歌舞伎町的……」栗本吞吞吐吐地，「是窺視屋（註：日文「のぞき部屋」，一九八一年二月於大阪發祥。色情店之一，中央設大舞台，周圍設小房間，舞台與小房間之間置魔術鏡，小房間內的客人可看到中央舞台表演的裸體女郎，但女郎看不見顧客。小房間與中央舞台之間的隔間有小洞，顧客可觸摸女郎身體，或女郎幫顧客打手槍、使射精，當然需要付費。二〇一二年末，於神奈川縣、東京都衍生新型「女高中生窺視屋」）和色情書刊、情趣店並列的街道。」

「她純粹是為了來宣傳我曾在那裡遊蕩而來的。」

「她在走廊還一直這麼叫嚷。我也很火大，說您不可能去那種地方。」

勝呂放心地點點頭。正經老實的栗本，會對今晚聽到剛才對話的客人解釋清楚，說沒有這回事吧……。

雨過天晴，車道上殘留幾畦積水，亮著空車信號的計程車，一輛接一輛濺起水花，飛馳而過。正要向計程車招手的女人，突然改變心意？往東京火車站的方向走去。突然，颳起陣風把黑色披肩掀得鼓脹，讓在後面跟蹤的小針聯想到展翅的蝙蝠。

小針在地下鐵入口附近叫住了她。

「剛剛真是太過分了呀！」

女人停下腳步愣住了。

「給人硬推入電梯裡，妳就這麼算了嗎？妳也是客人之一呀！」

「你是誰？」

「對不起，我是週刊雜誌的採訪記者。當然我服務的雜誌不如今天主辦宴會的出版社那麼高級，不過，很有活力唷！」

之後，他開始應用職業性的那一套話。

「妳剛才說的是假的吧！我不相信勝呂先生會在新宿的風化場所遊蕩。」

「你認為是假的就當作是假的好了。不要再向我打聽了。」

「要是真的請告訴我吧！我會答謝妳的。」

「我討厭卑鄙的人，你在做筆記嗎？」

「不！不是的。」

小針慌忙塗掉。

「我不是想發布新聞，只是個人對這件事很感興趣。勝呂先生真的到過那種場所？」

「在宴會上我沒有理由說謊話吧！第一、叫我來參加的就是那位先生呀！」

「咦?!是他邀妳去的？為了慎重起見，我再請問妳一次，真的是勝呂先生？」

「這是鐵的事實呀！」

「妳跟他是在櫻花街的哪一帶認識的？」

「是在一間叫甜蜜蜜的店前面。他從那裡走出來的。」

「妳真的會畫畫？」

「畫畫，不好嗎？」

「開過展覽嗎？」

「為什麼要問這個呢？」

「我可以在雜誌上以新人的方式介紹給讀者呀！」

小針趕緊遞上名片，女人把名片收下，可是怒氣未消。

「從二十七日起我在原宿的竹下街附近開展覽。」

「那很好，看來我得多訪問一下。」

小針看扁了對方，把手放在她肩上時，女人甩也似地把披風翻面，跑下階梯。

「妳等等呀！好，算了，不過最起碼把展覽的邀請卡寄給我呀！」

小針朝階梯底喊道；女人很快就消失了。

就是這麼一回事，果然沒錯。他感覺從前每次看到報紙或雜誌上登的勝呂照片時的模糊印象，今天總算得到證實了。

他現在和文學已離得很遠了，不過，學生時代也夢想過當小說家。從那時候開始，對勝呂帶有宗教色彩的作品，就覺得不對胃口。覺得他老是說些好聽話，很教人受不了。

學生時代熱中唯物論的他，對勝呂那樣信奉有如鴉片的宗教的人，他認為是欺騙民眾而有所不滿。

少年時代的回憶和這種感情夾雜在一起；少年時代他也參加了幾次附近基督教教會舉辦的英語講習。教會裡有位戴著眼鏡、心胸狹小的傳教婦，對他沒有什麼好感，有時還會語帶諷刺。那是因為他只想要學英語，到了和牧師交談的時間就先溜走了。之後，小針一談到宗教就馬上聯想到那個女人。

走下地下鐵的階梯，售票口附近和日比谷線的月台上都不見女人蹤影。不過，小針還沉溺在享受著從內心深處升起的快感。要是能把看來一本正經的作家拉下來，身為採訪記者的他值得一搏。他想起扳倒田中角榮的資深記者。

「甜蜜蜜、甜蜜蜜。」

一直到電車滑至月台為止，嘴裡把女人告訴他的店名當歌似地不知重複了多少次。

車內滿是生活的疲勞臭味。在慵懶地張開雙腿睡著的少女，和在賽馬報紙上畫個大紅圈圈的中年男子前，小針抓著吊環，腦中再次浮現宴會時的情景。

他為了尋找新聞材料，偷偷溜進會場，當女人抓住勝呂袖子時，剛好站在旁邊。把那時勝呂的狼狽相盡收眼底；這表示女子所說的並非假話。

（騙子……）

他覺得對勝呂小說所產生的懷疑似乎獲得證實；在窺視屋看女人脫衣表演，在色情咖啡廳玩弄女服務生的男人，竟以他的手「玩弄」高尚的語言——小說。

女人那時抓住的勝呂的西裝質料似乎極佳，和自己穿的相比，小針不禁湧起一股怨恨之意。他朝地下鐵黑漆漆的窗外望去，回到公寓後，在還睡著的同居女人身旁，喝掉瓶中殘存的威士忌。

兩三天後，小針來到自己也很熟悉的新宿歌舞伎町一角，這裡窺視屋和土耳其浴並列。要找到「甜蜜蜜」並不用費多大的勁，因為它位於有色情百貨公司之稱的建築物內；每一層都有電影院或雜誌店、土耳其浴。

傍晚，他在客人幾乎還未上門時搭乘電梯，梯內猶留著濃濃的男人臭味。

小針把從文學全集剪下來的勝呂照片給「甜蜜蜜」櫃台的男子看，之後問：

「這個人經常來嗎？」

對方搖搖頭。

「我記不得許多客人裡的每一個人。」

除非是警察的詢問，否則業者似乎也有義務替客人保密，事實上，後來他從同一棟建築物內的另外二、三家口中，得到的都是同樣的回答，或是佯裝不知的微笑。

不只是這些男人露出輕蔑的表情，小針對大學時代的朋友，曾一起辦過雜誌的夥伴說出那個女人的話，對方也出現不悅的表情。

「你真的相信那樣的話？」

小針還以為朋友會同意他的看法；他覺得很掃興，馬上反問：

「這是什麼意思？」

對方連珠砲似地說：

「你呀！也真卑鄙，製造這種空穴來風的醜聞，把勝呂這樣的作家拉下來，你就高興了？聽說這是現在大眾傳媒流行的手法！」

小針聽了這話很不高興；不過一想到自己手裡拿的是會讓讀者大吃一驚的炸彈，因此有種不可言喻的快感。

小針後來跟同業們一起喝酒，談論公事時，也盡量利用新宿的黃金街（註：指新宿區歌舞伎町一丁目的飲食店街），回程經歌舞伎町。可是，走了幾趟都沒碰過勝呂和畫畫的那個女人。

就在小針想打退堂鼓時，某夜已相當晚了，他在新宿車站內的自動販賣機購買車票，不經意抬起頭時大吃一驚。因為他看到側面很像勝呂的男子，帶著一個戴眼鏡的女子正走向計程車的乘車處。他等不及販賣機找零錢馬上追過去；可惜男人和女人已經坐上計程車了。他急忙也攔了一輛車，催促司機：

「緊跟那輛車！」

從前方車子的後視窗清楚可見戴眼鏡的女人斜靠在男人右肩。車子從甲州街道轉向代代木的方向。不久，司機為難地說：

「前面的客人似乎要到賓館林立的那一帶去，沒關係嗎？」

「沒關係。把車子停在稍遠處。」

進入代代木，前車停在有大門的豪邸前。小針坐的計程車若無其事地從旁經過，在大約七、八十公尺前停下。下了車已看不見兩人。小針走到豪邸前一看，名字是代代木天鵝賓館，門內停車處林立的喜馬拉雅杉長得非常茂密。小針問了櫃台，得到的是愛理不理的「沒有這個客人」的回答。

由於勝呂無法像朋友那樣租飯店或旅館寫作，因此每天從家裡到原宿附近租來的寫作坊。除非坐在帶有自己體味的小寫作室內和用慣了的桌前，否則精神就無法集中。

不僅如此，根據多年的經驗，寫作室要小而微暗，還要有適當的濕氣。這個寫作坊除了廚房和浴室，還隔了三個房間，最大的房間當客廳，在那兒和出版社、報社的人談事情，中間的房間當臥室，有時寫得較晚就睡在這兒。最重要的寫作室，在他之前的外國人房客當儲藏室使用。光線不好，要是關上窗戶，拉上厚厚的窗簾，即使白天也得打開檯燈，反而適合他無意識中的慾望。所以用來當寫作室。

去年曾以「作家的書房」為主題，到這寫作坊拍攝的攝影師M氏，聽了勝呂的解釋之後，馬上接著說：

「這裡使我聯想到母胎。勝呂先生您希望回歸子宮的願望一定很強。」

M氏解釋所謂回歸子宮的願望：這是一種想回到母胎，即回到生命尚未躍動時的狀態，也就是想回到睡在羊水中狀態的願望。換句話說，不是對生命的慾求，而是尋求永遠的安眠或死亡的慾望。

勝呂每天早上，打開寫作坊，進入這間小寫作室，就朝已使用多年的椅子上坐下來，首先注視一下掛在壁上的亡母肖像，然後很懷念地把眼光移到煤油燈型的檯燈，以及發出規則聲響的檯鐘和中國式筆筒上面。勝呂覺得照片中的亡母每天表情都不一樣，有時似乎高興，有時看來悶悶不樂。然而，勝呂常覺得亡母在自己的人生已烙下深刻的痕跡，他領洗成為天主教徒也是受母親的影響。總之，勝呂近十年來的代表作〈沉默之聲〉以及緊接其後的〈在荒野裡〉、〈使者〉等，都像螞蟻一粒一粒搬運餌食一樣，是靠每天的辛勞累積而成的。

或許別的作家也一樣；不過對他來說，書寫一部作品就像走入連地圖也找不到的陌生國度。謹慎的他，除非做好旅行的準備、訂好題目、有充分的取材時間，否則是不出發的。雖然如此，最後的結果仍然是連自己也不知往何處去的時候居多。在微曦下，能看到的只是出發地點的模糊風景，眼前的道路完全被黑暗層層包圍，十五年來，他在這間小小的寫作室裡，已做過好多次一步一步摸索前進的艱難旅行。

得獎後，勝呂在這間寫作室仍然咀嚼著相同的痛苦滋味。為了寫下一篇短篇小說的綱要，他拉上窗簾，在煤油燈型檯燈的微弱燈光下，像鐘錶師傅修理一樣彎著腰，也作筆記，可是不像平常那麼順利。

往日，一天裡有半天以上的時間，在這兒只聽得到紙的摩擦聲和鉛筆的移動聲，就像手工藝人手上的細活般靜靜地勞動著，雖然辛苦但還滿喜歡的。可是，這陣子沒有這種喜悅。

他放下鉛筆想把這會妨礙工作、令人不快的操心事趕走。到宴會上來糾纏的酒醉女郎的臉和她說的話，就像中指沾上墨水，留下深深墨痕。

「前陣子，不是在新宿見過面嗎？您好壞呀！」

「是嗎？好！我懂了。您是不想讓人知道深夜和我們一起遊蕩的事吧！」

從沾著口紅的前齒間吐出的這些話，每一個字都曖昧、散發出酒精的臭味；然而，把喝醉酒的女郎的話一直放在心上的自己反倒覺得奇怪。

用力地搖了五、六次頭，再唸一次部分的草稿。勝呂的草稿是先用小字寫在稿紙背面，用色筆修改，最後請工讀的女孩謄清。

「可能是年老的關係，這陣子睡得很淺，一個晚上做好幾個夢，而且每一個夢都是獨立的，每做完一個夢就醒過來一次。醒來後凝視一陣子漆黑，腦子裡老想著不久就要來臨的死亡問題。他今年六十五歲了。」

他從筆筒中拿出紅色原子筆，把「各種夢」的地方改為「一個、一個的夢」。邊改邊想這篇短篇小說的主題應該是老年。

電話鈴響了。他咋舌，拿起聽筒一聽是曾聽過、很認真的聲音。

「我是栗本。」故意說出名字，「不知短篇小說的進度怎樣了？」

「總算寫了一半。」

「題目呢？」

「我想取為『他的老年』。」

栗本沉默了一下，說：

「上一次非常抱歉！嗯，我是說喝醉酒女郎的事，服務台人多混雜，究竟是誰帶來的呢？現在還弄不清楚。」

「我也是，那女人我真的沒見過。」

勝呂小心謹慎地又強調一次，想看看栗本的反應如何。栗本說：

「可能是那個女的寄明信片到出版社來，寫著石黑比奈的名字。說是街頭畫家，好像是真的，因為是展覽會的邀請卡。」

「怎麼知道就是那個女人呢？」

「背面……」栗本降低聲音，「寫著……，你撒謊，勝呂先生撒謊。這張明信片要怎麼處理呢？」

勝呂猶豫著不敢說「不要」！因為這時不想看的心情與那樣東西放在栗本手中不安的心情交織著。

「真是受不了。好吧！請把那張明信片寄給我！」

為了不讓年輕的編輯產生疑惑，便想裝出輕笑。

掛斷電話後，心情比剛才更煩躁。

（硬纏死纏！）

勝呂想起宴會中抓住他袖子不放的那個女孩，隱約感到要是置之不理或許會釀成大事的危險。為了驅除不安，眨了好多次眼睛，這是他的習慣之一。

兩天後，從寄到寫作坊的郵件中找到了栗本轉寄過來的明信片。邀請卡正面寫著像電影明星的名字石黑比奈，令人吃驚的是畫廊就在寫作坊附近的竹下街旁邊。果然如栗本所說的，背面用原子筆潦草寫著：

「你撒謊，勝呂先生撒謊……」勝呂好像看到了不祥之物，挪開眼光，把邀請卡撕破丟到字紙簍裡。

「前陣子做過這樣的夢！夢見和芥川龍之介相對而坐，芥川穿著寒傖的單衣式和服，低著頭，兩手交叉放在胸前，一句話也沒說；突然站起來，穿過背後的門簾進入鄰室。我知道鄰室是死者居住的世界；但是沒多久，芥川又從那門簾穿出回到這房間。」

弓著背的勝呂寫到這裡，小聲地唸，看看語氣上有無不妥之處。這一部分不是創作，而是大約兩個月之前的實際經驗，還記得從夢中醒來的深夜，身旁的妻睡得正甜，呼吸平穩。

當然，他沒把夢的內容告訴妻。自從在貿易公司就職的獨生子和媳婦由於工作的關係移居到美國之後，他就儘量不讓妻操心。事實上，打從結婚之後，他就和別的小說家一樣，決心扮演好丈夫、好父親的角色，這並不是因為他是天主教徒的關係，而是因為他瞭解自己無論如何不適合扮演無賴狀的小說家。當然，作品中另當別論，實際的生活和外表裝扮上，勝呂早就希望和一般市民一樣，和妻之間很少做出會破壞平靜生活步調的行為，也儘量不說會讓她不安的話。

妻一星期到這寫作坊打掃兩次。那時跟自己單獨寫作時不同，表情和家居時相同。對勝呂而言，並非別有目的，也不是在演戲或作假。

妻患了風濕症，在梅雨季和秋天時，手的關節和膝蓋就會疼痛。那是三十年前勝呂長久的住院生活和胸部動三次手術時，為了看護他，太過疲勞造成的。因此每當寒冷的日子，看到她拿著吸塵器，就感到一種無可言喻的歉疚。每次跟她說雇人打掃算了，她總是笑著搖搖頭。

在妻腳不痛的季節裡，兩人吃過午飯後，就一起出去散步。路線通常是固定的：走下寫作坊前的斜坡，穿過代代木公園，從表參道繞回寫作坊。

兩人坐在公園的椅子上，看打羽毛球的年輕人。即使彼此不發一言，共同度過三十幾年人生的夫妻自然會有一種寧靜產生。雖然他是在稿紙上窺視自己內心深處，再表現出來的小說家；然而，與妻之間的生活絕不暴露逾越界限的自己，他認為這也是對在天主教家庭中長大，從修女辦的學校畢業的妻的體貼。

撕毀明信片的那個週末，她因娘家的親戚有人遭遇不幸無法到寫作坊來；勝呂卻連星期六和星期天都到寫作坊修改短篇小說。那是在拉上窗簾的寫作室中，猶聽得到遠處傳來許多人喧笑聲的下午。

當午後太陽的威力稍弱時，勝呂走出寫作坊步下斜坡道，跟往常一樣到代代木公園散步。沿著公園的道路上，擠滿了最近連東京都出名的「竹子族」（註：日文「竹の子族」。指在郊外穿著獨特而華麗衣服的跳舞者。一九八〇年前半於東京原宿的代代木公園旁設「步行者天國」，讓竹子族盡情發揮舞技）的少年男女團體和看熱鬧的人群。配合音樂跳著怪舞的少男少女們，圍成好多圈圈，他們穿著像韓國服裝似的白色或粉紅色長版衣服，連男的都塗上胭紅。每一個圈圈的成員都不一樣，各有人帶著跳。勝呂加入人潮當中，站在拍攝八厘米的外國人旁邊。當他的年紀和這些少男少女相若時，正值第二次世界大戰前夕——中日甲午之戰。這些往事，對這種年紀的人就自主像神經反射似的，即使不想去想它都不可能！

正準備離開人潮時，不小心踩到站在背後少女的運動鞋。

「啊！對不起！」

少女衝著慌張的他瞇眼齜牙一笑。但由於疼痛，馬上皺起眉頭，抬起右腳。勝呂不安地問：

「有沒有受傷？把鞋子脫下來看看。」

「不要緊的！」

她還想勉強擠出笑容。

「坐到那邊的椅子上，看看腳趾怎麼了？」

少女乖乖地坐到椅子上，把鞋尖沾了泥土的運動鞋和襪子脫下，有點難為情。

「沒有怎麼樣嘛！」

「有點紅紅的，到藥房去看看吧？」

「不用了。」

「既然這樣，至少讓我請妳喝點飲料什麼的吧！」

指著沿公園並排的香腸攤和大阪燒。

「妳喜歡什麼呢？」

「我就說沒事……」

「不用客氣，儘管說吧！」

「那麼可樂好了。」

他拿了可樂和紙杯回來時，少女搖晃著腳：

「伯伯，這裡很好玩。」

「年輕人真是精力充沛！」

「像伯伯這種年紀的人也很多呀。還有對年輕女孩感興趣的人哦！」

「是嗎？不多吧！」

「不少吔！走在表參道上故意向我搭訕的，也有像伯伯一般年紀的中年人。」

「搭訕上之後呢？」

少女又齜著牙笑，或許是因為勝呂的問題難以回答。

「也有少女上鉤嗎？」

「有呀！不過中學生大多只到B，然後要點零用錢花花。」
「B是什麼呢？」
「A、B、C您不知道呀？」
少女天真地像在談論新歌手似的，說A是接吻、B是撫摸、C是最後的階段。
少女雙頰豐腴，勝呂覺得這少女和自己不同，還可活得很久，心裡好羨慕。
「伯伯，您幾歲？」
「我已經老了。」
「不過，看來還很年輕哦。」
「妳也到B的階段嗎？」
「我？我不做那種事呀！」
「你們真的那麼需要零用錢嗎？」
「當然需要。」
又露出瞇著眼討人喜歡的笑容。
「我家沒錢，要不到零用錢的。」
「妳父親有工作吧？」
「四年前在宮益坂被摩托車撞到。我媽媽現在在拉保險，坦白說，好可憐哦！」
「那麼，真的很需要零用錢嗎？」

「有時候要交際呀！而且，還想買些東西給弟弟們。」

從她口中說出像大人口吻的「交際」等字眼，勝呂哭笑不得。

「妳是高中生嗎？」

「是國中生。」

咦——這樣身材竟然是國中生啊！勝呂再次打量她凸起的胸部和把洗得褪色的牛仔褲繃得緊緊的大腿。胸部還差不多，大腿就跟他那時代的女學生不同，根本就是大人模樣。

「家住哪裡？」

「你為什麼要問這個呢？」

「妳那麼需要零用錢！我在想或許可以幫妳找工讀的機會……」

「什麼樣的工讀？」

她又露出討人喜歡的表情。

「中學生是不能做的。之前曾和朋友一起到麥當勞應徵，騙他們說是高中生想工讀，但是很快就被看穿解雇了。」

「總之，不能像不良少女那樣釣凱子。」

勝呂改變語氣，教訓似地，少女似乎覺得沒趣，低著頭用鞋尖挖地面說：

「我想走了。」

勝呂從椅子上站起來時，才發覺她的運動鞋已經舊得不能再穿了。

「等一下！」

勝呂從口袋裡掏出錢包。一直注視勝呂動作的少女看到勝呂遞五千圓鈔票給她時，嚇得後退了一步。

「要是妳答應我不去做壞事的話，這些錢就給妳。拿去買雙運動鞋吧！考慮一下要不要工讀，想做的話就打電話到這裡來。」

把電話號碼寫在紙上後，他頭也沒回就走了；可是對自己因一時感傷和衝動而給錢的自己卻感到厭惡。

那天晚上，他回到家裡，把少女的事向正在織毛線衣的妻說了。

「中學生的話，可以打掃寫作坊呀！」

「當然可以，怎麼樣？是不是真的要請她呢？」

「你不是跟她約好要替她找工讀嗎？這樣也算幫你的忙呀！」

他不喜歡看到妻在冬天揉著關節推著吸塵器的樣子。

「那不是什麼大事呀！」

「我知道——」

平常對家事一向不插嘴，但是這次態度卻很強硬。這麼一來一舉兩得。梅雨季和寒冷的季節裡妻不必和笨重的吸塵器格鬥，而且那個孩子也不會被男人誘騙……。

「意外的是個好孩子呀！」

蜜——少女的名字是森田蜜，到寫作坊來過二、三次後，剛開始並不感興趣的妻子，似乎很滿意。

「聽你說了之後，猜想會是怎麼樣的女孩？看來很天真呀！」

「有不錯的地方吧！看她笑的樣子，還會懷疑是否智能不足呢。」

勝呂鬆了一口氣，點點頭。

「聽說家裡還有兩個弟弟和一個妹妹。我給她蛋糕，自己還捨不得吃，拿回家給弟妹們吃。真令人同情呀！聽說她父親發生事故時，手術失敗了，把內臟都弄壞了。」

看來妻連蜜的家庭狀況都已經打聽清楚了。

果然如妻所說，蜜並不如想像那麼會鬧彆扭。到了約定好的星期六，下午從學校回家途中就到寫作坊來，妻教她使用電動吸塵器和要她擦拭洗臉台。雖然只是國中生，不過身材高大派得上用場；替關節疼痛的妻把裝了舊雜誌的紙箱搬到樓下管理員的房間，或幫忙買東西。兩個星期之後，即使妻不在場，她也會哼著流行歌曲很熟練地打掃客廳和洗臉台。

工作告一段落後，勝呂就坐在沙發上看這個國中生推吸塵器。

「妳現在哼的是什麼歌？」

本來年輕歌手的名字連一個也不知道的他，從蜜那兒知道了 Kyokyo 和澀柿子隊。

「我還以為您什麼都懂呢？原來卻是什麼都不懂。」

蜜停下吸塵器，得意洋洋地譏笑看電視連田原俊彥和近藤真彥都分不清的勝呂。
「我對你們的世界一無所知呀！」
「那我教你國中生的用語怎麼樣？你知道什麼是『チョコばる』（Gyokobaru）？」
「不知道！」
「從學校回家的途中，偷偷溜到『サテン』（Satin，註：爵士樂餐廳名）的意思。那麼 Happiri？」
「什麼意思呢？」
「是高興或快樂時說的話呀！露骨地說幸福會不好意思嘛！」
把母親叫 Gyao。Appusuru 是 Kapparau，ＮＨＫ 是膽小而好色的小子的簡稱。Kasumn 是蹺課的意思。勝呂覺得接連說出的這些話很有趣，一一記在筆記簿上。
蜜很賣力地打掃，雙頰、下顎以及脖子上都滲出汗珠，臉也紅咚咚的。勝呂看到年輕人身上的汗珠微微發光，覺得好像在香氣濃郁的花旁，甚至感到輕微的暈眩。從滲出汗珠的臉頰和脖子，他感受到自己失去的東西。
「那個孩子變得好像判若兩人。」
勝呂贊成妻的話，點點頭。
「找她來幫忙是找對了。」
「看看什麼時候帶她一起上教堂吧?!」

「那只會讓她覺得無聊罷了！我看算了吧！等她比較習慣之後，哪天我們兩人到長崎旅行。」

勝呂早就盤算著等天氣稍微暖和之後，帶妻子到長崎旅行。有時候他的小說拿長崎和附近地方做背景，不過妻從沒去過，也早就期待著長崎之旅……

和妻交談的那一夜，勝呂做了一個夢。

夢見自己的臉映在寫作坊浴室中的鏡子裡，對自己的老態大吃一驚。眼睛旁邊有了皺紋和眼袋，下巴還有許多像用牙籤點的小白點，仔細一瞧，原來是鬍鬚。已經這麼老了……聯想到死亡的腳步已近了，他感到不安，驚醒過來。

睡在隔壁床上的妻跟往常一樣發出有節奏的呼吸聲。聽到那呼吸聲，勝呂想起擺在寫作室的桌上型鬧鐘。鬧鐘的滴答聲給彎著腰寫作的他無可言喻的安寧，而妻的呼吸聲也讓他聯想到夫婦之間擁有的平靜。從妻的呼吸聲中，他甚至嗅出了妻從少女時代就有的世界。那是在雙親疼愛、兄弟姊妹和睦相處的環境中長大，結婚後對丈夫的工作能夠內心毫無疑惑的女人的呼吸聲。對於這些他有時感到羨慕；但絕不說出口，有時甚至還產生輕微的嫉妒。那時他會覺得妻的世界就像洗衣粉香味的世界。

醒來之後，他又睡著了。又做了另一個夢，從洗臉台的鏡子（為什麼這陣子夢裡常會有鏡子出現呢？他覺得不可思議）裡看到蜜只穿著褪了色的內褲。蜜不知道勝呂在偷看，仍對著鏡子齜牙笑著，微開的上下唇之間，露出線狀的唾液和牙齒，以少女來說真是太煽情了。

後來或許她知道勝呂躲在門後才故意裝出那笑容，對躲在背後的他說：

「太太會生氣哦！」

勝呂醒過來了。醒來後蜜齜牙的笑容仍在眼簾裡，而妻的呼吸聲還是那麼安詳。

勝呂對在黑暗中做了那樣的夢感到可恥，同時也因為那是夢，認為自己沒有責任，沒有必要為夢感到屈辱或羞恥。不過，想到以後蜜到寫作坊來幫忙時，自己會想起這個夢，感到有點難為情。

他在日記裡只含糊寫上：

「做了惡夢。」

心想或許自己死後，好事的出版社會把它印成鉛字，感到可怕……。

2

勝呂和像銀行員打著領帶的栗本討論今後的工作。即使沒有工作上的需要，這位滴酒不沾、不抽菸的青年，每個月固定來訪兩次。或許他認為這是編輯的義務，看到那滿臉正經的樣子，總令人覺得他當高中老師會比出版社編輯更適合。

突然，從隔壁房間傳來吸塵器的聲音。

「是太太嗎？」

以為寫作坊除了二人之外再無第三者的栗本似乎被那聲音嚇了一跳。

「不是內人，是打工的國中生。」

「國中生？」

有吸塵器的聲音，兩人的談話聲鄰室應該聽不到，不過勝呂仍然壓低嗓子把森田蜜到這兒工讀的經過說了一遍。

「從外表看不出來，其實她是個很溫柔的女孩。聽她說，在原宿還有連國中生都誘拐的大人。」

栗本沒有答腔，沉默了一下，突然問：
「那張明信片後來怎麼處理了？」
「明信片？」
「我轉寄到這裡來的明信片。」
「哦，是那張呀，當然已經撕掉了。」
勝呂以為栗本早已忘得一乾二淨，現在栗本突然一本正經地問，他甚至感到驚訝。
「我不可能去參觀她的畫展。」
「其實我去看過了。」栗本注視著勝呂的眼睛，「我想查一下她到底是怎樣的女人；因為不希望她再來騷擾您。」
「結果呢？」
「是真的展覽，就在竹下街附近。」
栗本為了維護自己負責接洽、聯絡的作者名譽，探查了那家畫廊，不過對勝呂來說那可是幫了倒忙，他早就忘了宴會上發生的事，也不喜歡舊事重提。
「她在那裡嗎？」
「不在。不過有一個戴眼鏡的女人看著，聽說她也是畫家。」
「是什麼樣的畫呢？」
「是一些故弄玄虛的畫，譬如畫胎兒在子宮的情形，那是奇怪低劣的作品，未經消化的作品……」

「我想也是！」勝呂同意地點點頭，「那種女人哪能畫出什麼東西？」

「還有一幅您的肖像畫呢！」

「我的……」

「她在宴會上也說過吧，您在新宿要她們素描的。」

「真是太無聊了，亂來！」

「對方這麼說，我想是把寫生的上了油漆。」

勝呂沒說話，不停地眨眼睛。隔壁房間可能已經打掃完畢，吸塵器的聲音停止了。

「畫得……」勝呂小聲地問，「像我嗎？」

「乍看之下很像。不過，很抱歉，是張下流的臉。」

「下流？」

「真的很像您的臉，當然啦，那不會是您……」

「這麼說，是假冒我的人？」

「我是這麼想。儘管畫上面寫著：S氏的臉。」

「S氏是取我名字的第一個英文字母了？」

「您不必放在心上，」栗本安慰著，「有誰會相信是您呢？本來我準備提出嚴重的抗議，但是當時那個女人不在場，所以我就先回家了。」

栗本走了後，勝呂斜躺在沙發上，呆望著窗外。午後陰霾的天空已經放晴，微弱的陽光照射著。

「您是不是心情不太好？」

蜜從洗臉台走出來，擔心似地看著他。這個孩子就像妻所說的，很善解別人的痛苦。那是這孩子聰明和愚蠢的混合。

「沒有啊！」

勝呂裝出另一副家居的面孔擠出微笑。這是妻子會相信的臉，不用說，他的讀者也會相信。

「我想出去一下。」

他從沙發上站起來，吩咐蜜：

「太太很快就會回來，她回來以後妳再走吧！」

「好啊！」

他第一次到栗本告訴他的竹下街來，聽說這裡算是原宿年輕男女特別多的街道。果然沒錯，有裙子長過腳踝的中學生，也有肩上掛著在勝呂這般年紀的人看來像頭陀袋（註：僧侶托缽化緣時身上背的布袋）的少女，還有把頭髮染成淡黃色的青年晃蕩著。

聽栗本說，穿過名叫布蘭姆斯的小路就可以看到新藝術畫廊的招牌，一樓是排列著廉價飾品的專門店，而畫廊就在二樓。

踏上散發著水泥味的階梯，櫃檯上坐著一個女子蹺著腿正在看雜誌。勝呂裝作認識似地打個招呼。她手裡拿著雜誌，很感興趣地看著他進入無人的房間。

四面牆壁上掛著二十幾幅畫，看來像是用膠帶固定住。只要看過三、四張就可以明白，故意利用一些奇怪的題目想掩飾拙劣的畫技。不論是具象畫或抽象畫都是模仿歐洲或美國的前衛畫家。有身體纏繞在一起的兩個女人；還有張開像刺眼的翅膀的蛾和蛇；大頭少年的畫；子宮中的胎兒，用似乎懷著恐懼而向上翻的眼注視這邊的畫；子宮裡的胎兒因恐懼而睜大的眼睛……，表面上勝呂是在欣賞這些故弄玄虛、有點汙穢卻顯眼的作品，其實是在尋找某幅畫。

在靠近角落的地方，勝呂找到了栗本告訴他的「S氏的臉」的肖像畫。他意識到背後櫃檯裡的女人正注視著他，故意裝作若無其事走近那幅畫。

自己被畫在那兒。畫裡的他面帶微笑，彷彿從陰暗世界浮上來的兩眼注視著這邊。那是自己的臉，可是那表情——不是栗本所說的下流，而是淫穢。

他感到氣憤和羞恥，不由得移開視線時，他想起自己曾看過這張臉。對了，是在頒獎典禮的來賓席上，站在栗本和女編輯背後的那張臉。勝呂心中一片混亂，愣愣地站在那兒。還想起另一幅跟這張相似的臉；那是到法國名叫布爾鳩的小街參觀中世紀大教堂（cathédrale）

的時候，和接待他的神父爬上螺旋狀階梯，走出強風咻咻的塔上陽台，陽台上各式各樣的動物和人的臉都朝向底下廣闊的田地，其中有一幅是瘋女，瘋女的臉上浮現出跟這相似的笑容。他問：「這是什麼？」法國神父聳聳肩。

他意識到後面櫃檯的小姐還在注意著他，於是走近她身旁，儘量壓抑著情緒問：

「請問石黑小姐在嗎？」

少女熄掉香菸。

「應該很快就會來了。」

「這幅畫是她畫的嗎？」

「不，是另一個姓糸井的人畫的。」

「隨便畫人家的肖像真不應該。」

他一提出抗議，少女就像被打了一巴掌似地蹙著眉。

「像這樣的畫除非經畫中人同意，否則……」

「聽說是得到他本人同意的。」

「誰說的？」

「糸井小姐說的，就是畫這幅畫的人。她和石黑二人在新宿要勝呂先生讓她們素描的。」

這時她轉過臉。勝呂正想再反駁時，感覺背後有影子移動，少女的眼睛突然發亮似地喊著：

「成瀨小姐，我在等著呀！」

勝呂轉過頭，看到一個身穿寬領、俏麗的大衣，脖子上圍著圍巾的中年婦人輕輕地點頭走進來。

勝呂走出畫廊，背後響起少女故意裝出來的大笑聲。外面的陽光比剛才更微弱了，年紀已大的他感到有點疲倦。他推開隔壁咖啡店的門。

選了靠窗的座位坐下來，眼前又浮現出那幅肖像畫，而且遠比現實裡看到的更鮮明。那是一幅眼睛、鼻子的形狀其實並不難看，可是卻充分表現出內心醜惡的男人臉。

他不知應該怎麼解釋？雖然只是一瞬間，可是內心感到十分恐懼，用一隻手擦拭汗濕的額頭。

把心靜下來後，他自己做了一番推理。或許那幅肖像畫呈現的並不是他所看到的下賤笑容，說不定還是模特兒意外的微笑，或討人喜歡的微笑呢！至於為什麼把那單純的微笑，看作下流、淫穢的微笑呢？可能是頒獎典禮中看到的幻影，在他無意識的記憶裡留下了強烈的印象吧！因此把原本別無深意的下賤微笑加上不同的解釋。

這麼分析之後才放心，把拙劣的肖像畫當作無聊的東西，畫中的微笑似乎不會再讓他心煩意亂。就像上次在夢中見過蜜的第二天，日記寫下「做了惡夢」，這樣就不會把精神和生活秩序弄得一團糟。

他抬起頭來，不經心地望出窗外，看到剛才的女性走出那棟建築物正朝這邊來，或許她也和勝呂一樣想休息一下！

她用眼睛尋找空位，把書砰地扔在勝呂的鄰桌上，脫下大衣。她的前額寬廣，有著一雙日本女性少見的似乎意志堅強的大眼睛。

喝了一口濃縮咖啡之後就低下頭來，似乎在想著什麼事，抬起頭來時才注意到勝呂的存在，吃驚似地點頭打招呼。因為兩人的座位近得就像是面對面。

「剛剛跟您碰過面。」

勝呂為了打破沉默，只得先出聲打招呼，接著問：「妳看了S氏的臉那張畫嗎！」她不可能沒看過那作品。

「是的。」

「您覺得畫得像嗎？」

婦人微歪著頭，為難似地笑了。黑髮中交雜些許銀絲，年紀看來比妻年輕。

「那個畫展，到底是哪些畫家組成的？」

「都是些年輕的女性。她們主張在醜的東西上尋找美，叫作醜的美學。」

「所以就拿我的臉做題材，是嗎？我的臉或許很醜，不過被畫出來還是很令人難為情的。而且還畫得那麼下流，真教人不知該說什麼才好！」勝呂故意半開玩笑地說。

「那肖像畫我並不覺得下流，反而讓人覺得有人的味道。」

他焦躁時，妻也以這種聲音、這種說法安慰他。或許是這個年齡女性的共同特徵吧！

「怎麼會認識那些畫家呢？」

「因為她們當中的一人，曾在我工作的醫院短期住院，所以就認識了。」

「我對那樣的畫沒什麼興趣；不過，您覺得和畫那種東西的女性們交往有趣嗎？」

「您是說為什麼我也……」她微笑著。「或許我和您說的那種女性一樣也說不定……」

勝呂對有點像妻的這位女性產生些許好奇心。

「您說在醫院上班，是女醫生嗎？」

「不，抱歉！只是義工。我叫成瀨。」

「我是勝呂。」

「唉呀，我當然知道您的名字和作品。」

話題到此中斷，二人各自喝著咖啡。勝呂的眼光被夫人扔在手提包旁的書封面給吸引住了。那是很受年輕讀者歡迎的某評論家的書。

「連那樣的東西您也看嗎？」

「我喜歡看書，」夫人辯解似地，「雖然不懂，卻胡亂看些新書……」

「那個評論家在那本書中，把我批評得很厲害吧？說什麼我對性恐懼……」

他故意裝出苦笑。從夫人不作聲、似乎感到難為情的表情，他猜想她已看過那段批評了。

「您讀過了吧？」身體稍微轉向她問。

「是的。」

「每一個作家都各有各的領域。在性以外我有自己的題目……並不是故意避開，也準備寫一點。」

他覺得自己太囉嗦了，就把話停住。

「是的，我不記得什麼時候看過您說性心理的構造也和人求神的心理構造有相似的地方。」她誠摯地點點頭。「不過，我想不起是哪一本書……」

「可能是五年前那本隨筆吧！」

勝呂沒想到這位女性連他那樣的隨筆都讀過，感到有點飄飄然。從談吐上看，這位女性懂的東西相當多，說不定是從事知性方面的工作呢。

「您讀我的作品，看法和那位批評一樣嗎？」

「我不懂深奧的東西。不過，總覺得或許因為您是天主教徒的緣故，經常把性和罪連在一起……」

勝呂心裡反駁說，我又不是十七、八歲的小姑娘；不過，少年時代所受的天主教的影響，已經在我內心某處劃分出健全的性與不健全的性。談到健全的性……他想起妻的臉，在夫婦二人的生活中，帶有義務性質的某種東西纏繞著，對這種現狀他感到很滿足，而妻也從未埋怨過。他想像不出妻因那種事而不滿的樣子。

「很抱歉，那麼妳認為性是什麼呢？」

對初次見面，而且年紀又和妻相仿的女性提出非常不禮貌的問題；他存著惡作劇的報復心理。

「坦白說，」夫人笑了，「我覺得是可怕的東西！」

「為什麼？您不會因為我是天主教徒，才故意說出像淑女的話吧？」

「不，我不是那種意思……而是我認為性會暴露出連自己也沒察覺到的內心最深層的祕密。」

「連本人也沒察覺到最深層的祕密？」

「是的。」

聽到這樣的回答，勝呂記憶中某夜夢中的情景突然再現；從洗手台後面偷看半裸的蜜的自己……

勝呂慌忙地移開視線。自己現在正體驗不可思議的經驗，想都沒想過竟然和前一刻還是陌生的女性做這麼大膽的交談。這樣的話題甚至和妻都沒談過。

「您寫東西嗎？」

「不，沒有，沒有。以前曾練習寫和歌，不過……」

把眼光轉移到站在店外的一位青年身上。青年上身穿著藍底白袖的運動夾克，正朝這邊看。或許是路過這兒，看到坐在咖啡廳窗邊的作家勝呂而覺得好奇。

向路人打聽酒醉女所說位在竹下街的畫廊，有人告訴他從這條短街向右轉看到的建築物就是了。建築物的一角被另一棟黃白色的建築物擋住了，門前並列著仿古煤氣燈的街燈，小針也知道這是模仿巴黎蒙馬特（註：位於巴黎北部丘陵地區）裡街的設計。

小針看到男人從一棟建築物出來停下腳步，正是自己在追蹤的勝呂，不由得屏住呼吸。作家回過頭來，裝出等人的樣子，然後進入對面的咖啡廳。

小針躲在電線桿後面往咖啡廳裡打量，很幸運地，勝呂似乎還沒發覺到有什麼不對勁；在靠窗邊的位子坐下，向服務生點了東西之後，疲倦似地靠在椅子上想事情。

小針想起那姿態跟在電視上看過的勝呂的姿態很像——這個男人對人生感到很疲倦，看到這裡，同居的女性伸出手轉換了頻道。

從剛才勝呂出來的建築物，有一位脖子繫著圍巾、穿著淺褐色大衣，大約五十歲左右的女性走出來，好像事先約好似地進入咖啡廳。二人像是舊識，在隔壁桌坐下，很快就談得非常融洽。

那個女人不像是勝呂的太太，因為文學全集卷裡頭勝呂太太的照片不是那樣的臉。二人交談過程，勝呂的眼神只往窗外移了一次，沒有察覺到任何異樣，然後放下重疊的腿。

終於，他們同時站起來了。小針趕快躲在電線桿後面免得被發現，本來打算跟蹤並肩走在竹下街上的兩人，意外地他們只輕輕地點點頭就分手了。勝呂往火車站的方向，女人則朝相反方向標有「巴黎．法國」商店的大路走。

「最後的兩部作品，我們待會兒再討論，現在休息十分鐘。」

坐在正中央擔任主持的總編輯一宣布休息之後，本來規規矩矩地坐在角落的人紛紛站起來。

內容雖是新人獎，可是連電視都會報導的A獎，每年兩次同樣在築地（註：位在東京，地名）的料亭，和大眾文學的B獎一起舉行評審會。大約三年前，和加納同時被聘為評審委員的勝呂，在這個會裡還算是新人呢。

「野澤先生可能會主張從缺吧？」

坐在他右邊的加納，小聲地對勝呂說。

「我也打算從缺。這兩部作品編造故事的味道太濃厚了。」

「我認為編造故事並不是什麼缺點……」

勝呂反對加納的意見。加納剛才把每一部作品都批評得體無完膚，他認為太刻薄了。他聽著加納毫不留情的「鞭笞聲」，想起以前在目黑區的小酒店裡，嚴厲批評他作品的那群夥伴。就在那之後的第二年，加納獲得A獎，開始在文壇上嶄露頭角，翌年勝呂也得了獎。將近三十五年的悠長歲月流逝，那時的夥伴幾乎都不寫小說了。

加納對勝呂的反駁不太高興，喝了一口啤酒後，以不滿的表情說：

「這三、四年A獎的水準很低呀！」

「事實如此。」勝呂這次也點點頭：「我也這麼覺得。」

「現在要是不訂出高水準，獎的權威性不就越來越低嗎？候選作品對性的描寫法，只讓我覺得是黃色小說，還談不上是色情主義的小說呢，吉川先生，您的高見呢？」

加納轉向問坐在對面正點著眼藥水的吉川前輩。吉川是短篇小說的高手，受到大家重視的作家。

「唉呀，唉呀，用不著那麼生氣，」吉川對動不動就生氣的加納，輕輕撥開正鋒，微笑地說：「你說的不錯，沒有描寫到性的本質。」

這句話宛如從遠處傳來的回音，使勝呂從回憶裡聯想到和這句話極為相似的一句話：「您一直躲避描寫性的深處。」而隨這記憶的甦醒，勝呂眼前又浮現出大膽地用大眼睛看著他的臉的成瀨夫人。

「勝呂這次會把票投給這部作品吧？」加納問。「你剛才打了很高的分數。」

「不是這部，我想投給《有彩虹的風景》那部作品。」

「不是力量弱了些嗎？」

隨後加納似乎想起某件事，注視著勝呂。

「回程有話要跟你說。」

「現在不行嗎？」

「我希望只有兩人在場。」臉轉向一旁。

評審會又開始了。第二次也和第一次一樣，請各委員打上○△×的任一記號，並說明理由。全部完了才開始計分。和第一次不同的是這次勝呂支持的《有彩虹的風景》獲勝，吉川安撫似乎不服氣的加納。

「好吧！這次我就算了。」加納自己找台階下。「一定會有不良後果的！」因為報社的記者們在等結果發布，所以吉川和總編輯一起走出房間。

「吃過飯後在車裡碰頭吧！」

加納小聲地對勝呂說。勝呂笑著說：

「什麼事呀！這樣神祕兮兮的！」

「不想讓人聽到的話。」

不知道為什麼，加納不悅地將表情沉下來。

二人共乘的轎車開動後，加納想了一下，對司機說：

「到帝國飯店一樓的交誼廳。」

「到底有什麼事？」

一直到飯店一樓的交誼廳坐下為止，加納沒有透露半句話，勝呂已經有點急躁，口氣稍重地問。

「事實上是聽到有關你的謠言。」

確定四周沒有人在聽之後，加納仍然是剛才那副氣憤的表情說。

「什麼奇怪的謠言？」

「說你到歌舞伎町一帶看窺視屋的謠言。」

勝呂注視著相交多年的這位老朋友問：

「所以連你也相信那謠言囉？」

「我？那不是我的問題呀！」加納發洩似地說，「我只想告訴你有這樣的謠言，因為你的舉止一向很慎重……」

「你就直說是膽小吧！」

「不管怎麼說，你的讀者要是聽到那謠言，不會有被背叛的感覺嗎？我是無所謂，可是你不同呀，你是天主教徒呀！要是讓教會和神父知道了也麻煩吧！還有……」

「太太是嗎？」

「是啊！」

「我太太不會管別人怎麼說，她相信我。」勝呂滿懷信心地回答。

「是從誰那兒聽到的呢？」

交誼廳裡沒什麼人。穿著制服的男服務生出去迎接從機場來的大型巴士的客人。

「是個叫作小針的採訪記者。我也是第一次認識。大約兩星期之前他打電話給我，說想偷偷打聽有關你的事，他還說見過說出那件事的女畫家。」

「哦！」勝呂總算瞭解事情的來龍去脈之後苦笑著，「是那件事啊，的確在頒獎典禮時，有一位喝醉酒的女人闖進來，大吼大叫地說些空穴來風的事。這件事我知道，K社的栗本也知道呀！」

然後，他故意打個哈欠說：

「讓你擔心真不好意思。其實這些都是亂說的，請放心。」

勝呂以為這麼說之後，加納就會釋懷，可是加納卻還是很不高興地沒說什麼。

「還不想回去嗎？」勝呂催促著。

「評審會完後真疲倦呀！這一陣子晚上有時候胸部還會疼痛。」

「要小心哦，你的心臟不太好。」

「勝呂……前天晚上你在哪裡？」

「前天晚上？」

勝呂歪著頭，想一下說：

「在家呀！看候選作品。到底是怎麼一回事？」

「你沒去新宿嗎？」

「沒有呀！」

加納移開視線自言自語說：

「前天，我看到你在新宿車站的月台上。」

「月台上？你是在開玩笑吧？前天晚上我真的在家呀！內人也可以作證！」

加納不說話，用上翻眼看勝呂。然後自言自語似地說：

「十一點半左右，我和K社的M一起在國營電車中，拉著皮吊環。在鬧區的小酒店把稿件交給他，兩人喝了幾杯後，由於回家的方向一樣就一起搭擠得滿滿的電車。我邊和他說話，不經意地往窗外上行列車月台看過去時，就看到你……和戴著眼鏡的女人坐在椅子上。」

「我？」

「是的！是你沒錯。」

「會不會是很像我的別的男人？」

「不會的，錯不了，就是你。」加納斬鐵截釘似地說：「連M也嚇了一跳。」

「我在家呀！要說幾次你才會相信呢？」

「我相信，可是我明明看到你在月台上。等到上行電車進站後就看不到你了。」

「哪有這回事？不可能有兩個我呀！」勝呂勉強擠出笑容，「那一定是和我很像的別人。我想那是和我長得很像的人故意化裝成我，用我的名字在新宿閒逛。你要是不相信，可以打電話問我內人前天晚上我在哪裡。」

「沒這個必要。好吧！你可能真的在家！可是我看到的也是事實！」

「是什麼樣的女人？」

「脖子上圍著茶褐色長圍巾——穿著現在正流行的長統靴、戴著眼鏡。」

「我沒印象呀！對那樣的女人。」

「總之，謠言要是傳開來就不妙了。還是早點善謀對策的好！」

勝呂心想再怎麼說明也無濟於事，他早就瞭解眼前的這個男人，只要是自己說出口的話就絕不會收回的。嘴裡說相信，其實心裡還在懷疑。

對多年的老朋友都這樣子，至於別人就更不用說了。根據加納所說的可以瞭解到：有一個像從遠處就可以聞到屍臭的鬣狗一樣的採訪記者，已經開始在調查自己了。

「我知道！」

勝呂壓抑著不安、困惑和生氣等夾雜在一起的複雜情緒，點點頭。

勝呂站在路旁等編輯栗本回來。在摩托車並排的角落旁，有一家色情店（pornogrophy shop）。門開了，有一個青年從那裡走出來。從打開的門看得到架上肉色的淫具，做成像福祿壽木偶形狀，但是沒有脖子，臉上現出淫穢的笑容。裡面沒有客人。可能是大家對這種淫具和封面上印著裸女跪著的照片及用塑膠袋套起來的書，都已經看厭了吧！

對面電影院林立的廣場上，披著豹皮的裸女招牌，裝飾著電影院的屋簷。

要是沒記錯，從前這一帶，即使日正當中也令人提心吊膽。在已開始枯乾的竹叢裡，有幾家大門暗藏的賓館。在許多垃圾桶中，突然有一隻野貓從桶裡跳出來，如此偏僻陰濕的地方！不過這已是遙遠的往事了，記憶也不一定可靠。

現在這一帶的情況完全改觀了。即使是剛剛走過來的路上，除了下班回家的職員，還有許多（雖然不是星期天）學生打扮的男女，四周響起電動玩具的鋼珠聲、招呼客人的男店員的呼叫聲，以及電影院開演前帶有雜音的鈴聲。儘管自己想裝出很高興的樣子，可是電動玩具店傳出的雜音令人索然無味。從行人的臉上看得出對這些刺激已經厭煩了，對聲音和五光十色也麻木了。

勝呂突然想起成瀨夫人說的話。「性會暴露出連自己也沒察覺到的內心最深層的祕密。」

性會暴露出每一個人的內心深處——可是在這一帶，性似乎被處理得太草率。昨夜酒醉客吐出的髒物在路上、壁上和電線桿上留下痕跡，到處沾著讓人掃興的東西。性在這裡沒說什麼，這裡販賣的性不是成瀨夫人說的性。

栗本滿臉不高興地從對面走回來。

「都是些不正常的店……。已經找到櫻花街了。」

大學念宗教系，對大鼓感興趣的這位青年，可能是還年輕吧，似乎是第一次單獨走過那條街，額頭都出汗了。

「走，去看看吧！」勝呂回答。「或許會碰到假冒我的人。」

他特別加重語氣說：「假冒我的人」；栗本沒說什麼。

走到靖國街和花園街交叉的路段，雖然天還沒有完全暗下來，雜音卻比剛才更厲害。皮條男站在自家店前拉客人或散發傳單給路人。右側是整排的「窺視屋」、「馬殺雞包廂」等的招牌，除了「時髦馬殺雞」或「個人工作室」之外，還有掛著「特別拳賽」、「特別摔角」等怪招牌的店。

「這是什麼店啊？」

勝呂嘟噥地說，栗本回答：

「是裸體女郎摔角供人觀賞的店。」

栗本的表情不太高興。到底是衝著那些店呢？或者是針對勝呂呢？無法判斷。

自從加納說出那件事之後，感覺栗本似乎變得較生疏了。栗本人很正經，因此很容易相信別人的話，而那天晚上和加納在新宿車站一起搭電車的M，是他同事，所以他應該已經知道了。勝呂要是只去一次倒還沒什麼，可是去的次數連加納都感到吃驚，栗本一旦知道了，難免不會產生懷疑。這一點從他到寫作坊來，也儘量避開這話題和態度上來看，大概八九不離十。

來到櫻花街正中央時，做卓別林打扮的皮條男很懷念似地走近，張開缺牙的嘴笑著說。

「先生，好久不見哦！」

他手裡拿著「色情館、快樂館」的豎牌，穿著劣質的燕尾服，和他那瘦小的身材、削瘦的臉頰倒很相配。

「先生，您已經去過店裡了？」

膽小的勝呂愣了一下，輕輕地拉栗本的袖子，使個眼色後，以嘶啞的聲音問：

「店？你說的是哪一家店？」

「搞什麼？我是說奈美子的店呀！」

「沒去過。」

叫客的男子臉上仍然堆著笑容說：

「奈美子，她在拉麵店呀！」

「哪一家拉麵店？」

「你在搞什麼呀！不就是那裡的拉麵店嗎？」

他用下顎指著斜對面的店。

「哦！」

勝呂從錢包裡拿出一張千圓鈔票給皮條男。

「經常拿您的錢真不好意思，您要是再不來，奈美子就要哭了！」

勝呂逃也似地走開。然後對栗本辯解說：

「假冒我的人，可能很像我，連那傢伙都分辨不出來。」

青年默默不語。

時候雖然還早，拉麵店裡已亮起日光燈，有四、五個客人吃著拉麵，發出「嘶」的吃麵聲。在這裡要找臉色不好、皮膚粗糙的二十七、八歲女孩子並不難。她從週刊雜誌上抬起頭來，愣愣地注視著勝呂，然後很吃驚似地說：

「怎麼來得這麼早，到底有何貴幹唷！」故意拉長尾音撒嬌。

「妳就是奈美子嗎？」

勝呂不讓大家知道，偷偷地問。

「你玩笑也開得太過分了。奈美子已經回到店裡了。我是花江呀！」

她露出懷疑的眼色。

「咦?!你是勝呂先生嗎?……」

「是啊……」

「怎麼會把我誤以為是奈美子呢？」

「要不要去壽司店？」

「壽司店？這裡我已經吩咐了呀！」

「沒關係，錢我來付好了。」

她拿起放在旁邊似乎是仿冒的鱷魚皮錢包。

馬上到附近的壽司店往椅子坐下後，名叫花江的女子沒出聲，觀察著勝呂和栗本。

「怎麼了？」

「沒，沒什麼。」

「您真的是勝呂先生？」

「……」
「不對嗎？你騙人！真的好像呀！你不是勝呂先生嗎？」
「我是真正的勝呂。妳常見到的另有其人。」
「你們是雙胞胎？」
「我們不是兄弟。而且我從沒見過他。」
「有這回事？」花江打從心底害怕似地注視著勝呂，「我不要吃什麼壽司了，我要回去了。」
「不要，我不會找妳麻煩的。」
栗本擋住準備站起來的她。勝呂也說：
「我只想打聽一下那個人的事。」
「你們是雜誌社的人？」
「不是。我是小說家勝呂本尊，對方是假冒的。」
「你在說什麼？」
「和我很像的人到這一帶，假裝是我胡亂說話，我感到很為難，妳瞭解了嗎？」
花江看來比剛才稍微鎮定。栗本希望她能合作，叫店裡的人馬上拿酒菜來。
「你是說那個人亂說話？可是你們真的長得很像呀！實在太像了。」
她還有點害怕地偷瞄勝呂。

「妳有時會碰到他嗎？」

「他會到店裡來。」

「店裡？」

「我們的店呀！玩幼兒遊戲的店呀！」

「幼兒遊戲？」

「你不知道嗎？週刊雜誌和電視上都報導了呀！」

花江得意洋洋地把電視上報導的說給他聽：

「是客人作幼兒打扮……你真的沒看過嗎？男的包著尿片，嘴裡含著奶嘴的照片。」

「是小孩子嗎？」

「不是呀！是大人啊。玩嘩啷棒或幼兒的玩具。」

「為什麼？」

「為什麼我就不知道。聽說是有很多男子希望回歸到幼兒狀態；是客人這麼說的。我們的店是這樣的客人來的。」

「有從事哪些職業的客人？」

「有很多有頭有臉的大人物來，譬如醫生啦、議員啦。」

花江說了議員之後，瞧不起地歪鼻子、嗤笑，或許腦子裡突然想起客人當中的某位議員包著尿片，嘴裡含著奶嘴的可笑樣子吧！叼著香菸，又吃吃地笑。

栗本露出討厭的表情，把眼睛挪開；或許他在心裡想像著年紀和勝呂差不多的老人，作幼兒打扮的滑稽相，而覺得令人難受吧！單從栗本的表情，勝呂就覺得是侮辱、可恥。

「所以假的我，那人，」沉默之後，他又開口：「在你們的店裡也做那種事？」

「你是說勝呂先生？」

「是他。」勝呂不由得生氣。「不是我！」

「他？來過好幾次呀！是奈美子小姐接待的。她還說他有點囉嗦。」

她用百圓打火機很靈巧地點了菸。

「怎麼個囉嗦法？」

「譬如說什麼這種紙尿片在我嬰兒時候還沒有呀！而且娃娃也不是從前的娃娃……抱怨這抱怨那的。」

「那個男的真的打扮成嬰兒的樣子？」

「是呀！大部分的客人都一樣……這樣才能自我陶醉。」

花江還故意閉上眼睛，作出自我陶醉的表情。那是嬰兒被母親抱在懷裡，睡得香甜的表情！

勝呂想起自己的寫作室，白天也暗暗的，還帶有濕氣，是能對他回歸子宮的願望產生安全感的房間；而這種安全感和希望回歸嬰兒的慾望，又有什麼不同呢？人心深處有著連自己也不知道的黑暗部分。

「這是變態。」栗本從旁插嘴。「那種客人！」

「男人都一樣，地位再高的人來到我們的店裡都變成嬰兒！」

「消費額多少呢？」

「兩小時三萬日圓。」

「三萬？」

「我們這裡還算便宜。六本木那邊聽說都要五萬圓。」

「關於那個男的，妳還知道些什麼？」

「我不太清楚，我只和他去過一次旅館。不過，奈美子小姐和他去過好多次。」

「後來呢？」

勝呂緊迫盯人地追問下去，因為他想讓栗本瞭解那個人不是自己。花江突然重複又問：

「你真的不是那一位客人嗎？」

「要是真的不是他，我就說……那個人呀……和你長得很像的那人，會做出變態的舉動。」

「變態？」

這時她做出別有含意的笑容。

「第一次和他去跳迪斯可時，他說喜歡聞我和奈美子跳舞時脖子上的汗臭味。……後來去旅館之後，洗好澡就開始撫摸我的肩和胸部……然後發瘋似地猛舔脖子和肩部。並不是說他舔我，我就不高興；可是剛剛才洗乾淨的身子，馬上就被老頭子的口水給弄髒了……我聽說老頭子的口水很髒的呀！」

她察覺到勝呂平靜得反常。

「我說錯話了嗎？」

「不要緊的。」勝呂徵求栗本的同意似說，「因為那不是我。」

「不過真的像極了。你跟我說不是同一個人時，我真的嚇了一跳。還有啊，那個人在洗臉台的鏡子前面，還想掐我的脖子。」

「掐脖子？」栗本吃驚地問，「是想殺死妳嗎？」

「後來他說不是。可是那眼神真的好嚇人呀！滿是血絲，聽說奈美子也遭遇到同樣的情形。」

「他到底在模仿什麼呀？」栗本想不透地搖了好幾次頭。「是不是發瘋了！」

「接待那樣的客人，妳們不討厭嗎？」

「當然討厭！所以我不想做了……不過奈美子笑著說那只是做做樣子罷了。要是願意和他配合，他會給很多錢。你們小說家是不是都做些奇怪的事？」

花江說了之後，又露出曖昧的笑。

「你寫了些什麼書？我沒看過。」

「我懂了！」

在旁邊一直沒出聲的勝呂已經忍不住，從錢包裡抽出兩張鈔票。

「這是我的一點小意思。」

「那多不好意思呀！」

花江的口氣馬上變了。

「您要回去了嗎？」

「是的。」

「您不去店裡？奈美子來了，她會侍候您的。啊！對了，您可以直接向她打聽，那不是很好嗎？哪！就這麼決定了？」

「不，我今天不去了。」

勝呂表情陰沉，在霓虹燈閃爍、到處都是皮條男的路上，兩眼正視前方走著，到了大馬路之後，好像事先約好似地對栗本說：

「現在你明白了吧？有人假冒我。」

「是的！」

被勝呂強硬的語氣所懾，栗本點點頭。

「明白了就好！」

「是！」

「你的同事M，或者有人故意造謠的話，你幫我解釋一下，可以嗎？」

「好的。不過，您為什麼這麼在意呢？」

「不是連你都懷疑我了嗎？」

栗本瞭解之後說：

「您還是要找到那個男的才行。」

迎面而來的年輕小姐注視著勝呂，拉一下身旁青年的手，小聲地說：

「是小說家勝呂耶！」

勝呂聽到這句話，也察覺到了的栗本又小聲地說：

「為了讀者，您非把那個男子揪出來不可！」

3

小針和勝呂一樣也到櫻花街閒逛。身為採訪記者的他，「嗅出」最近可能會有什麼重大新聞被踢爆。他有信心可以找到線索讓勝呂露出馬腳來。

縱使工作再怎麼忙碌，只要是工作地點在新宿附近，他就設法到櫻花街附近看看，然後再回家。這條路既窄又短，往返一趟花不了十分鐘。每次腦中都閃過或許會碰到勝呂的念頭，可惜這情境一直都沒有實現。每次都覺得好疲倦又可憐，腦海裡浮現出勝呂坐在得獎席上，既得意又滿足的表情。

或許……的情境，終於實現了。

從黃昏開始下起冬雨的某日，小針本來打算直接回家，不繞到櫻花街去；不過，念頭一轉，從往新宿車站的方向，改在這條短街下車。

迎面而來撐著傘的幾個人當中，似乎有一人曾在哪兒見過，雖然一下子想不起來，但是擦身而過時，突然想起來了，就是她！

就是上一次小針在原宿跟蹤的中年婦人要等的同伴。矮個子，戴著圓形眼鏡，再怎麼看都不像是很機靈的女性；錯不了的，就是她。

女人突然回過頭來，傘稍微傾斜，一搖一擺地爬上坡去。身材微胖，裙下露出粗肥的大腿。

小針加快腳步趕過她，裝作不認識，走了一會兒再回過頭走。然後向毫未察覺到從旁慢步而過的女子笑著。

「喂！妳不是勝呂先生的朋友嗎？」

小針連自己也不知道，為什麼剎那間會冒出這樣的話來。要是對方否認的話，再做打算好了。

「妳是勝呂先生的朋友吧！」

「談不上是朋友，不過，」對方意外地倒是很親切地回答。「曾經一起喝過酒。」

心想或許……的情境現在總算實現了。眼前這位女子，和宴會之夜的那位女畫家不一樣，到底是沒警惕心呢，還是為什麼？躲在她圓形眼鏡後面的眼睛，甚至於還浮現出笑意。

「啊！真的是妳，我聽勝呂先生談過。」

之後，兩人的談話就如新機械的齒輪開始圓滑地運轉起來。

「您是勝呂先生的朋友？怎麼知道我是先生的朋友呢？」

「因為勝呂先生說過戴著眼鏡、臉圓圓的……」

小針急忙編了一套謊話；對方似乎未起疑心。

「妳不是畫家嗎？一起喝杯茶或什麼的？」

「喝茶？」女的吃吃地笑了。「你喝茶啊？」

「要是妳喜歡的話，喝酒也行呀！」

「我喝酒呀！不過這次將就一下就喝紅茶好了。」

就像這樣，男人先向女人搭訕，然後女人接受對方的邀請。大家都是這樣子開始的。進入「咖啡．酒吧」後，小針沒叫東西。

「是妳問勝呂先生『可以讓我畫您的肖像畫嗎』？」

「是呀，」圓形眼鏡後面現出女人毫無警戒的笑，「是我啊！」

「那時另外還有一位女的吧？」

「你是說石黑比奈？她也在呀！」

「我聽勝呂先生說的。他那時候醉了。」

「是嗎？他這麼說的嗎？不過，我不覺得他那時候醉了。」

「總之，勝呂先生讓妳們畫了。」

「也不是特別要我們畫，而是在旅館聊天時畫的。那天晚上比奈和我在櫻花街打工幫人畫像，還拿著寫生本子。」

小針並沒有漏掉「旅館」兩個字。中了，勝呂和這些女人開房間。

「勝呂先生在寢室裡做些什麼呢？」

「開始時大家一起閒聊。他真不愧是小說家，眼光非常銳利！」

「這話怎麼說？」

「他一眼就看穿我是被虐待狂。我可以喝酒嗎？」

毫無顧忌地說出她自己有被虐待狂，那語氣就跟說我喜歡織毛線衣沒兩樣。反而是小針慌忙地又再一次注視著女人的臉：戴著眼鏡的圓形臉上，透露出善良的個性，根本找不到被虐待狂的病態徵象。

「對了，我還沒請教妳的名字，我是小針。」

「我叫糸井素子，請多指教。」對方像演員般語帶詼諧地回答著，「我是初出茅廬的女畫家，當街頭畫家是兼差性質的。」

「妳是被虐待狂真的讓他看穿了？」

「是呀！所以後來才邀我們，還說想欣賞我和比奈的遊戲。」

「結果呢……」小針吞下口水。「做了嗎？」

「那種事，沒什麼了不起呀！只不過是興趣問題罷了。而且勝呂先生還給了錢。」

「他只在旁邊欣賞嗎？」

「不是的，第二次他也參加一起玩。」

「妳們是光著身子？」

「難道有人穿著衣服玩嗎？」她吃吃地笑著。「你和女人睡覺時，都穿著衣服？還是你有什麼見不得人的地方？」

「這樣子呀！那個勝呂也光著身子……不過，老頭子的身體很醜吧！」

「當然和年輕人不一樣。身上到處有老人斑，皮膚也沒有光澤，只有肚子大大的……有一點臭味！」

「臭臭的嗎？」

「是的，不過不是真的臭，而是老年人的味道。就像火葬場的味道，好像燒香的味道。不過，因為對方身體醜陋，我反而動了情。」

糸井這麼回答著，眼鏡後面的小眼睛瞇成一條線。嘴角泛起微笑，大大方方地說出令人臉紅心跳的內容。

「為什麼呢？」小針吃了一驚。

「為什麼呢？因為高中時曾夢見被醜男人強暴。從夢中醒過來並不覺得討厭，反而動了情。那時被勝呂先生壓著，舔得我滿身都是口水，最後還掐著我的脖子，有一種飄飄欲仙的感覺，甚至覺得就這麼死掉也無所謂，這是因為勝呂先生身體醜陋的關係。」

「這是什麼心理？我真不懂。」

「好可憐呀！你以為和女人睡覺就像兩張重疊在一起的餅？性的道理是很深奧的，體內深處會產生各種感覺，就像不同的音樂。」

聽她說著，小針心想這女人根本是變態嘛！對他來說，變態，就像瘋子和罪人一樣，都隱藏著可怕的黑暗。身為天主教作家，竟然也加入那種世界，和女人做出那種錯亂的行為！

「勝呂先生也這麼說。後來三個人一起聊天時，我問勝呂先生，為什麼我對醜陋的東西反而覺得刺激呢？他說那是藏在人類內心深處、不合道理的謎。一般的看法是人對於美好的事物才會感到喜悅；可是，事實上，無論是醜或美，人都能陶醉其中的。」

「那只是少數人才有的感覺吧？」小針反駁。

「可是，勝呂先生說每一個人都有這種本能哦。人還會產生墮落的愉快。心，是很深奧的東西。他說很瞭解我和比奈為什麼能引起共鳴，產生那種感覺。這話怎麼解釋呢？我和比奈都在畫畫，『偉大的』畫家只相信裝飾的美。但是，我和比奈老早就想從大家都覺得醜陋的、可怕的東西裡頭找出美，畫下它。我們的看法一致。你要是參觀過我們的畫展，就會瞭解，但前幾天已經結束了。」

「我看過勝呂先生的肖像畫。」

「對，那是勝呂的印象畫。是我完全按照自己的感覺捕捉到的。」

素子將稍微流了汗的身體靠向小針，好像兩人已是多年的老朋友。小針怎麼想都想不透，和削瘦的比奈不一樣，眼前微胖而討人喜歡的女人竟然是被虐待狂。在看來鈍感的圓形臉上戴著一副眼鏡；小針的經驗告訴他，這種女人抱一下就會覺得燠熱，身體會被汗沾得黏黏的，是反應遲鈍型。

老舊的椅子也許是久沒上油了，醫生看完檢查表後轉過身時，發出聲響。對於「吱——」的聲音，勝呂到這家醫院之後已經聽慣了。醫生都在發出聲響之後才開口的，今天也不例外。

「GOT八二、GPT一〇六，比上次高了許多。您是否工作到身體疲倦為止呢？精神上的壓力也會有影響的……我不是跟您說過好多次了，這樣下去肝硬化的危險性會增加。」

「是！」

回家之後，勝呂跟往常一樣，告訴妻子的數值比實際量的低很多。儘管彼此都已到了接近死亡的年齡，但他還是不願意讓她嚐受到孤獨和擔心的滋味。

如千歲之松長壽
至長青苔而色不變
節操直如幼竹
不知積雪之重移至陌生地——筑紫之梅
亦如所生之難波津的……

舞台上武原小姐的《松之壽》已開始了。微胖的富山清琴發自丹田的洪亮聲音，和武原小姐年過八十舞步仍穩健如昔，都讓勝呂屏息。這支舞沒有多餘之處。本來正擔心著國立劇場的舞台對京都風土舞的表演來說，恐怕太寬了，而且燈光也太亮。可是等到她一站出來，不但不覺得太寬闊，四周的空間彷彿驟然緊縮起來。

勝呂心想，今晚陪妻一起來是對的。老早妻就被電視上的阿范演的「雪」迷倒，嚷著希望能想辦法買張公演的入場券；後來偷偷拜託報社的人買到了；可是等到像現在這樣子並肩觀賞《松之壽》時，兩人都已經是老夫老妻了！

兩人就這樣靜靜地生活，靜靜地迎接死亡的到來。文學方面，只要把以前的創作再加深就行了，不想再突破。也不去冒險。「祈天長地久，鶴群來儀」，阿范小姐的動作戛然而止，是毫無缺點的立姿。

幕，垂下，打出休息十五分鐘的電子字幕。大家都站起來，前座的女人看來像料亭女老闆，忙著招呼客人。

「下一場就是妳期待已久的『雪』了！」勝呂小聲對妻說。

「哦！真的是值回票價！」

「到走廊走走吧！」

到人多嘈雜的走廊一坐上椅子，妻把銀色手皮包放在膝上，突然改變臉色。

「我有一些話想跟您說。」

「什麼事？」

「在這種地方不好說，不過我想把阿蜜辭掉。」

「等等！妳剛剛說那位太太叫什麼名字？」

「叫成瀨。怎麼了？」

「不，沒什麼。不是同一個人。」

裝迷糊之後，他又和剛才一樣觀察妻。

（不會真的是她吧?!）

他想起幾天前，在原宿的小巷子裡一起喝咖啡的那位夫人也叫成瀨。還記得她曾說過在當義工，不敢十分確定。到了這年齡，即使是剛剛發生的事也不一定記得準確。

「我也想當義工，您認為怎麼樣？」

「要是對關節沒什麼影響就去吧！反正也用不著照顧兒子了。」

「明天也和平常一樣到寫作坊去嗎？」

「明天下午在新宿的紀伊國屋書店有作者簽書會。」

第二天下午，當栗本和勝呂的腳一踏入舉辦作者簽書會的新宿書店時，等待簽名的人已經排成隊。

屋子裡有學生打扮的青年男女，也有中年女性和年紀大的紳士。他們對站在預先準備好的桌前的勝呂投予善意的微笑。

（這些人是讀者，是讀我的作品、支持我的讀者。）

勝呂坐到小書齋的書桌前，曾想過自己的小說到底都跑到哪些人的手裡了？他不知把人生的體驗融入、像捏黏土般創造出來的作品，如何輾轉傳達給讀者？他感到不安，而現在那些讀者就在眼前排隊。

「現在請各位按照順序請勝呂先生簽名。」

書店的工作人員手裡拿著攜帶型麥克風。

「請把給您的號碼牌放在書上，交給書店的服務人員。」

勝呂緩緩取下黑色簽字筆的蓋子，朝著排第一的青年微笑著，簽下自己的名字。

「我我、的、名名字也……」

青年也許是太興奮的關係，說話有點口吃。書店的服務人員想拒絕他，不過勝呂還是在書上寫下青年的名字。心想這是我對讀者最起碼的感謝。

簽了五十本之後，手腕開始感到痠痛，而簽字筆的筆尖也磨損不好寫。用冰過的毛巾揉揉手，取下新筆的套子。

讀者的態度不一，有鄭重道謝後才走的中年婦人；也有滿臉不高興、簽好後搶著就走的老人。後來書店的人偷偷告訴他，那個老人是因孫子請求，在這裡等了好久，所以才氣呼呼的。還有一個男子可能是經營舊書店，從包袱巾裡拿出十本勝呂的書要求簽名。

簽完一百本後，休息了一下子。很快地，又有新的行列。

「太多了，到一百二十本截止吧？」

栗本和書店的負責人商量。

「不，沒關係。」勝呂揮揮手，「再簽三十本左右吧！」

正說著時，看著排列前頭的男讀者，穿的衣服有點印象，那是藍底白袖的運動夾克。男人粗魯地說：

「請寫上我的名字。」

「請不要要求寫上您的名字。」服務人員從旁插嘴。

「前面的人不是也寫了名字嗎？請寫上 Kobari Yosio，bari 是縫衣服的針，Yosio 的 Yosi 是正義的義。」

勝呂感受到男人的目光，寫完小針義男四個字的瞬間，他想起來了：加納在A獎評審之後，在飯店告訴他採訪記者的名字叫小針。

可是，不能光憑名字就認定他就是採訪記者。打開下一位讀者的書，眼光搜索剛才那個男子時，發現已從樓梯消失了。那時，勝呂肯定曾在哪裡見過他，就是想不起來。

（會不會看錯人了？）

勝呂努力想在心裡「製造」安全感，卻是白費力氣。認為剛才那個男人是為了調查自己才來的念頭反而在心中逐漸擴大，勝呂揉著手安慰自己不用害怕！

簽完之後站起來時，腳步都有點不穩，手很累，肩膀也痠痛。他想起轉過椅子時那位醫生的表情，心想今天的肝指數可能又升高了吧！

「我想休息了……」他對栗本說。

「好呀！不過……有一個人堅持要跟您道謝，就等在那兒。」

眼睛朝栗本所指的方向看過去，要求簽名的人離去後，打烊前人影稀疏，整層樓的書架彷彿都朝向自己，令人有一種透不過氣來的感覺。戴著粗框眼鏡的年輕人恭敬地站在前面。像皮諾丘（註：《木偶奇遇記》的主角）那樣行了個笨拙的禮後，年輕人緊張的聲音說：

「我是從學生時代起就一直看您的書的忠實讀者。」

「咦——」

「我在復健中心工作，是殘障兒童的復健中心。剛開始有點不喜歡，不過現在很滿意，這都是受您作品的影響。」

勝呂勉強露出笑容，覺得那聲音有種壓迫感，沒察覺到勝呂窘狀的青年用手指推推眼鏡，抽出挾在腋下的相簿。

「請您看一下光明學園的照片。」

「光明學園？」

「就是我現在上班的殘障兒童復健中心。」

在廉價相簿裡，每一頁都貼著四、五張照片。有運動會時他穿著運動服和小朋友傳球的照片；也有手腳不方便的小孩坐在輪椅上，他從後面推著的照片；還有園遊會時，他和扮成兔子的小朋友手拉著手、抬高腳的照片。

「我常在值班的晚上，照料小孩子們上床後，一個人看您的小說。」

「……」

「這是有點自大的說法；那時我感到背後有一雙無法形容的眼睛，那是保護小孩的溫柔眼睛……」

勝呂避開青年的眼神，面對著由於受到自己作品的影響，因而對目前的工作感到滿足的這位青年，勝呂的心情反而沉重。目光雖然避開，但是臉上仍然裝出笑容。那是在家裡或對路上擦身而過的讀者所做的笑容……

「我很感謝你這麼說。不過，小說並沒有足以改變人心的作用呀！」他為了要趕快從這種沉悶的空氣中逃走才故意這麼說，「至少我的小說是這樣的。」

「不，有，有的呀！」

看來青年是把勝呂的話當客套話，用手指把眼鏡往上推。

「要不是您的小說，我也不會想領洗。」

「領洗？」

「是的，我下個月要領洗。」

對於自己的書改變了一個人的人生方向，勝呂覺得太沒道理，覺得自己是偽善者，他閉上了眼睛。到今天為止，他並不是為了教導人才寫小說，也不是為了宣傳天主教教義才當小說家。

「我可以和您握手嗎？」

青年的食指指甲髒髒的。勝呂握了那柔弱、滲出汗的手。

再抬起頭來發現青年背後的出口，有人朝著這邊凝視。那是剛才在簽名會上，態度傲慢要求簽名的男子。

男子遠遠地看著和青年握手的自己，明顯露出輕蔑的表情。

勝呂內心的齒輪突然開始亂了，他也很清楚亂的原因。在勝呂的世界裡，某種本來密切契合的東西，從頒獎典禮的晚上起，突然變得不調和。

在這間可說是勝呂唯一避難所的小房間裡，他趴在桌上強迫自己相信：

（不會有事的，是自己想得太嚴重了！）

的確如此。其他作家也常有人假冒，大家會當成是同一回事吧！乾脆就像別的作家那樣不理它算了！

心裡雖然這麼想，但還是無法釋懷。

眼前出現各種自己的影象：在頒獎典禮的會場，看到和自己相似的臉。那張臉還和並列在畫廊的肖像畫重疊，兩者都露出下流鄙俗的淺笑。

因此，當妻不在時，他在寫作坊的洗臉台前照鏡子。鏡子裡是充滿倦意的臉，黃濁的眼睛，兩鬢夾雜著不少白鬚，是六十五歲的臉。雖然已經六十五歲了，還有著許多迷惑、不安，且膽小如鼠。

他對著鏡子伸長舌頭，想起中學時看過的德國影片的一幕。那是演和他一樣目前已六十五歲角色的老演員，和年輕少女談戀愛結果被拋棄，內心受傷的故事。其中有一幕是老人對著後台的鏡子自嘲、吐舌頭。

（這就是你，你的臉，和那肖像畫有何不同呢？）

內心也如此自問。他在意社會的批評、讀者的眼光，就連這樣的自問也會對他產生壓力。

那天深夜，被電話鈴聲吵醒。

（這個時候會是誰呢？）

妻似乎也醒過來了。

「我去接吧！」

「不用了，我去好了。」

走出寢室，打開走廊的電燈，把聽筒放在耳朵旁邊，自己知道以不高興聲音說：

「喂！喂！」

對方沒有回答。

是在試探這邊的反應？很快就聽到切掉電話的聲音。勝呂並不認為那是惡作劇的電話，因此在黑暗中屏住呼吸一陣子。

他對星期六傍晚來打掃寫作坊的妻說：

「我要到表參道買東西，3B鉛筆不夠用。還有，今天晚上或許睡在這裡，因為工作沒什麼進展。」

「我知道了！」

擦拭著花瓶的妻似乎毫不懷疑丈夫，她知道勝呂打草稿時非使用3B鉛筆不可。

「住在這兒也好……不過明天是星期天呀！」

「是啊！」

「偶爾也上教會吧？」

她的臉上浮現出好像在捉弄小孩微笑。看到那張臉，勝呂突然想起某外國作家的一篇短篇小說。

那是描寫一個中年男人和妻子關係的佳作。妻是典型的賢內助，為了丈夫任勞任怨，把家裡打掃得一塵不染，床單經常換洗，費心準備三餐。男人對這樣的太太雖然心存感激，可是不知怎地，總是覺得好累。這時，他認識了一個酒家女，發生了關係。到聽聞得見小孩哭聲、極為雜亂的酒家女房間時，不知怎地卻能感受到在妻子身旁沒有的鬆懈感。

「好！我在外頭吃飯。」

「今晚打個電話回來呀！」

勝呂從妻身上聯想到那篇短篇小說，自己也感到愧疚。走出寫作坊抄近路到表參道。登上很陡的斜坡，途中已上氣不接下氣。年紀大對勝呂而言，不只是肝臟的問題，還腐蝕了勝呂全身。要是睡眠不足，第二天不但沒體力，走久了就連膝蓋內部都會隱隱作痛。在這種時候勝呂經常感到：末日已經以這種形態逐漸逼近自己。

有一陣子沒來，面向青山街又新開了一家賣外國鞋的鞋店和唱片行。買了鉛筆，沿著行道樹樹葉已掉、街燈剛亮的路上，來到妻所說的醫院前。醫院就在青山街旁，有一個穿著寬鬆睡衣的年輕女性從病房的窗子別無目的地俯視街上。

候診室裡冷清清的，藥局前有一位可能是剛剛入院的年老患者，凍得縮著身子抽菸。勝呂向走到身旁的年輕護士詢問小兒科在哪裡。

「您要探病嗎？小兒科除了父母之外，其他的人請儘量不要來打擾。」

「不！我是來找在這裡幫忙的義工。」

「叫什麼名字？」

「成瀨小姐。」

護士好像頒給赦免狀似地舉起手，指向電梯的地方，說在四樓。勝呂等著電梯，心想為什麼來看成瀨夫人呢？剛才想起的外國短篇小說的情節又浮上心頭。和她只見過一次面，為什麼特別對這女性感興趣呢？買了鉛筆之後起了來探望她的念頭。可能是覺得和妻不能說的話題，和那夫人就可以談吧！

從地下升上來的電梯裡，有一位年輕醫生搭乘。電梯一停止，那醫生也和勝呂一起走到走廊。

白衣的影子從櫃台旁的不透明玻璃看來，如海草般晃動著。從前勝呂胸部有毛病，長期的住院經驗告訴他，這時候是醫院較輕鬆的時段。

「請問義工成瀨小姐在哪裡？」

「成瀨小姐？她今天來了嗎？」

聽到裡面護士們彼此的交談。

「不是在復健室嗎？」其中有一人說。

從走廊直走尋找復健室，走過洗臉台前，剛剛在電梯裡遇見的那位年輕醫生已整理好頭髮。

「請問復健室在哪裡？」

「在裡面。」

醫生並未懷疑勝呂，反而向勝呂點點頭。或許從電視上知道他是小說家。

走近年輕醫生告訴他的房間，聽到幼兒的哭泣聲。往裡頭看，穿著藍色運動服裝的成瀨夫人和看來像高中生的護士，正在訓練十歲左右的少年練習走路，勝呂對自己說，從外面偷偷看她就回去吧！少年的身體放入平行台裡，扶著兩側的扶手，配合著夫人的聲音，努力地一步一步前進。這時有個六、七歲左右的小女孩從前方跑過來，拉住夫人的運動服。

「說布比的故事給我聽。」

她拉著成瀨夫人的袖子。在平行台上的少年也停止走路。

「是啊！說布比的故事嘛！」

「等茂的步行訓練再兩次之後再說。」

夫人抓住小女孩的雙手，往自己的身體拉過來，笑著說。

「布比的故事？是什麼故事呢？」護士問。

「是我編的童話：大家都討厭的狼，也受到森林裡的動物排斥，只有小兔子布比對牠親切，後來狼因此變好了。」

「這故事很精采呀！您以後繼續編嗎？」

「小孩經常纏著我要我說故事，把以前書上看過的童話都說光了，沒辦法只好自己編了。」

「您也給自己的小孩說那樣的童話嗎？」

「我自己沒有小孩呀！」

小孩子們急躁地拉著夫人的手，護士一責罵，名叫茂的男孩竟然哭了。夫人兩手抱著男孩，說「布比」的故事哄他。勝呂覺得現在就是「妻子」的世界，很像自己的太太。不過，和這位女性可以談論自己的小說，甚至於連和妻絕口不談的性也可以談。
「小兔子為了治療狼惡化的眼睛，去拿冰來了。」
「那惡貓呢？」茂坐在夫人的膝上問著。
她抬起頭來看到正往入口處張望的勝呂，似乎吃了一驚，停止說故事，察覺到自己穿著運動服吧！
「我這個樣子……」
大眼睛裡透露不好意思的訊息，她笑了。
勝呂在一樓的藥局前等她換好衣服後下來。
「很抱歉！」她穿著和那天一樣的淺褐色大衣，從樓梯下來。「讓您久等了！不過，剛才真的嚇了我一跳！」
勝呂掩飾著說：妻前些日子到這家醫院來探病時，偶然間聽到妳的名字。
「在義工中妳是有名的！」
「真的？可能是做久了的關係吧！」
「等一下做什麼呢？」
「回家！雖然家裡沒有需要我照顧的先生。」
那語氣似乎在等著勝呂邀她。勝呂想起附近有一家賣雞翅的中國餐館，嘴裡自然說出邀請的話。

「您不回去可以嗎……太太不是在家等嗎？」

「今晚必須一個人吃飯，因為工作沒有什麼進展。內人很瞭解的。」

「真辛苦呀！」夫人不經意地嘴裡安慰著。想起某事似地說：「上一次我胡亂說了些話，請多多包涵。」

時候雖然還早，但是中國餐館意外地已有很多客人。認識的經理帶到位在角落和妻來吃過兩次的位子。夫人坐在上次妻坐的椅子和勝呂相對。他覺得剛才的胸痛又發作了。

「您不喜歡辣的？」他想忘掉胸痛故意問。

「不！我喜歡。」她點點頭。「這是四川菜吧？」

「是的，所以味道可能很強唷！」

勝呂叫了豬肉裡摻大蒜的蒜泥白肉和魚頭調辣味的砂鍋魚頭，然後開玩笑說地。

「唉呀！唉呀！看來您好像很喜歡小孩？」

「是呀！您呢？」

「我跟一般的父母一樣疼小孩，不過小孩都已經結了婚，在外地工作，所以有好長一段時間沒見面了。您為什麼要做義工呢？」

「可能是我自己沒小孩的關係吧！」夫人笑了。「或許是因為喜歡把小孩抱在懷裡時身體的感觸唷！那種軟綿綿的感覺，乳臭香的味道！」

「沒當義工的時候呢？」

「表兄在京橋做古美術商。」這麼回答後夫人苦笑著，「討厭哪！怎麼這樣調查人家的身世！是不是小說家都喜歡問東問西的？」

「這個……」勝呂道歉。「只是想跟您多談談而已。」

菜送來之後，夫人很靈活地運用筷子和手指，吃得似乎很開心。勝呂注視著她的大眼睛和寬潤的前額，以及吃東西時嘴巴的嚼動樣子，感覺和妻有不一樣的地方。邊吃邊聊些有關吃的方面，談到曾經在香港找到一家魚料理做得很好的店，沒想到夫人也知道那家店。

「您經常到外地嗎？」

夫人不知為何猶豫了一下。

「是的，大約兩年一次。不過我的旅行是比較特殊的。」

「怎麼說呢？」

「是有某種特別目的的旅行。對了！我昨天讀了您這個月發表在S雜誌的短篇小說。」

她突然改變話題。

「那篇作品是否也故意避開您上次所指的性的問題呢？」

「對不起！後來我真的覺得很不好意思。第一次和您見面竟然說出那麼失禮的話！」

「不！還是說出的好！我對您感到好奇也是因為這緣故。像您這樣……在醫院當義工……為什麼對性感興趣呢！」

「不行嗎?當義工的女人對性感興趣不可以嗎?」成瀨夫人用餐巾擦拭嘴巴,「其實您有這種想法才真奇怪呢!我知道這麼問是很失禮的事,不過,您在家都不談這種事?」

「是的,我們夫婦幾乎都不談這種事……那您跟逝世的丈夫……說這種事嗎?」

「不!」夫人脹紅著臉搖搖頭。「當然不說。可是,我和我先生能夠深深結合在一起的是性;不,是表現在性上面的兩人內心深處的東西是一致的。」

勝呂發現,夫人總算觸及到自己最想探討的東西。在小說家的他的內心深處,有一種類似魚上鉤時手的反應和快感流竄著。

「我不太懂您說的話。」

他把這家店出名的鍋巴放到小盤子上,故意裝迷糊地問。

「或許吧!」

「要是請問您具體內容,可能很失禮吧?!」

「是呀!那是很失禮的事。」夫人笑了。「這是我和我先生之間的祕密哦!」

勝呂對這種很乾脆的拒絕方式,反而感到莫大的吸引力,覺得眼前的這位女性身上充滿著「謎」,產生更大的好奇心。

「這是刺激小說家的話!」

自言自語似地說,但是夫人低著頭裝作沒聽見,移動著筷子。

「您說過性會透露人內心深處的祕密?」

「竟然套起話來了。」夫人睜大眼睛笑著，「我不會說出來的。」

「不，我不是問您內容。請回答我不介意的部分就行了；您真的相信性會透露內心深處的祕密嗎？」

「是呀！」

「您們夫婦之間也是這樣？不，我不是問您夫婦間內心的祕密……我想問的是……鍋巴是沾著沾料吃的……我想問的是您們夫婦什麼時候發現到這祕密的？」

「我先生暫且不談，我自己一直到結婚為止，不！即使結婚之後的一段時間內也不知道自己身上隱藏著那種祕密。」

「您是說結婚之後，過一段時間才發現的？」

「可以這麼說吧！因為有某件事。」

「所謂某件事是……請放心！我並不是問您內容。……您是從某時候才意識到自己以前從未意識到的東西？」

小說家的好奇心就像火車頭的活塞，開始轉動之後就停止不了。經常是這樣的。

「是的，我發現到連自己都不曉得的祕密。」

成瀨夫人把筷子整齊地擺在盤子上面，重複著同樣的答案。

「到那時為止都不知道的祕密。」勝呂也重複說這句話。做了各種想像。可是從夫人臉上尋找不出任何東西。

她很靈巧地用長筷子把什錦鍋巴放入口中。嘴裡發出咬碎鍋巴的聲音。看她嘴巴的動作，有一種鮮活的吸引力，其中包含著色情因素；聯想到以前和妻及其他女性一起吃飯時，從未想過的性的行為。不只是這樣，她拿筷子和把杯子送到嘴邊時，細長的手指的動作，就像蜘蛛吐絲纏在獵物身上那麼柔滑。

「看您的樣子，好像很好吃。」

他不由得嘆口氣。

「是嗎？我很喜歡吃。」

「上次的展覽……您說您認識畫肖像畫的人？」

「是呀！」

「那個人……說了我……不！說了假冒我的人一些什麼話？」

「只說了一些。」

「說些什麼呢？」

「說您們一起喝酒啦，她畫您的肖像畫的素描啦。」

「等等！那不是我，是假冒我的人的肖像畫。」勝呂放下筷子，露出極為困惑的表情。

「從我的臉上看得到那種下流的樣子？」

「為什麼對這件事那麼在意呢？」她抬起頭來看著勝呂，「您要是下流的話，那我豈不也是下流的女人？」

他不懂夫人所說下流的女人的意思，所以沒作聲。夫人伸出手拿起盛在盤子上的小蝦食用。在嘴唇輕閉著的嘴裡，牙齒嚼動著。看她享受美食的表情，勝呂想起某件事。是的，那是肉食性動物吃獵物時的表情。感覺剛才在醫院裡被小孩包圍著的夫人，現在好像完全變成另一個女人。

「不像同一個人呀！」

他又嘆了一口氣。

「什麼事？」

「從您吃飯的表情，絕對聯想不到您在醫院時的樣子。」

「唉呀！那是當然的嘛！不管是誰都不會只有一個樣子、一張臉呀！」

勝呂瞬間閃過：夫人被丈夫抱在懷裡時是否就是這張臉？

「那您是有著不同樣子、不同的人格了？」

「您呢？」

「可能有吧！否則就寫不了小說。」

「就是我也一樣呀！」

穿白色衣服的服務生把一對年輕男女帶到隔壁桌來，男的剛才可能在附近體育館的室內球場打網球，把球拍放在空椅子上。

「怎樣不同的人格呢？」

「唉呀！下雪了！」

夫人故意轉移話題，青年的頭髮上像沾滿露珠似地發光，雪正在融化。

「無論如何都不能告訴我嗎？」勝呂固執地問。

「有一天……有一天我會告訴您的！」

夫人微笑著細聲說。

「唉呀！外面下雪了！」

聽到打開窗戶，準備把曬在外面的褲襪收進來的女人自言自語時，小針慌忙地把照片壓到書本下面。等女人進入廚房後，再把照片拿出來。

戴著眼鏡的女人，脖子上繫著頸圈，嘴巴微微張開，舌頭伸出來，吐出像咖啡渣的髒東西把整個下顎都弄髒了。表情沒有絲毫痛苦的樣子，還笑著呢！沒錯！那是幸福的笑容。

今天下午，他去拜訪販賣特殊照片給《焦點》（註：原文「フォーカス」）和《星期五》（註：原文「フライデー」）雜誌的攝影師朋友時，偶然拿到這張照片。

在幾個攝影師合租的公寓房間裡，有幾卷黑黑的底片一條條掛著，就像掛在窗上的褲襪，剛洗好的照片凌亂散在大桌上。朋友在暗房裡工作，小針把照片翻過來，看背後用原子筆寫得很潦草的說明。在新宿車站拍到的痴漢與被調戲的高中女生。知名女星和自幼失散的生父久別重逢的光景。小針像玩撲克牌似地翻動這些照片，突然他的手僵住了。

「這個……」他大聲喊叫朋友。

「怎麼了？」

打開門，穿著工作服的朋友臉露疑惑地進來。

「這張照片，是怎麼回事？」

「那個啊——」朋友注視小針高舉的照片，「那是在六本木某飯店中，換妻雜誌主辦的宴會呀！是有特殊嗜好的人的聚會……現在的東京，像這樣的事已經不稀奇。還不知道雜誌社買不買，不過，我想帶到《星期五》看看。」

「你見過這個女的？」

「哪一個？哪一個？」

說著「哪一個」時，朋友口中吐出白色的呼吸，從小針的背後抽走照片，朋友的工作服上發出刺人的藥水味道。

「是啊！記不清楚了。大約十二、三人聚在一起，剛開始還有點畏縮，漸漸地變成半瘋狂的狀態……啊！想起來了。這個女的被有相同傾向的男人當成寶貝……他們叫她摩小姐、摩小姐。」

「沒戴眼鏡嗎？」

「不記得了。你認識她嗎？」

「嗯。拍照片的飯店是在哪裡？」

「六本木的沙特爾・魯秋（註：原文「シャトオ・ル－チュ」）。」

小針含著未點火的香菸，眼光落到別的照片上。

這張照片上沒戴眼鏡，但的確是那個女的，還記得在櫻花街的咖啡酒吧中，那女人說話時的圓形臉和微胖的身材；她和三、四個光著身子舉起啤酒瓶或杯子的男人在乾杯，背後幾個背朝這邊躺著的男女也被拍攝進去。

小針希望能從照片中找到勝呂。裡頭有兩個身材削瘦的男人，看來有點像；但是從年齡上推斷，其中一人不可能是勝呂，另外一個看來年齡差不多，但也沒十分有把握，令人興奮的是，背向這邊的女性，從她模糊的背部可以「嗅」出是上次跟蹤的中年婦人！

「真是厲害呀！能混進去。」

「也有失手的時候；攝影師工作很辛苦的，還要到處放餌。」

「這張照片借我一天，可以嗎？」小針拜託著。「我會準備謝禮的。」

小針聽到六本木的沙特爾・魯秋時，馬上知道那是外語不靈光的朋友聽錯了，應該是沙特爾・魯鳩。說到沙特爾・魯鳩，喜好此道的男女不管是誰都知道，是玩SM的飯店。

借了照片搭地下鐵到六本木。按照朋友說的，戴著圓形眼鏡的那個女的同好叫她摩小姐，應該相當有名吧！既然如此，到沙特爾・魯鳩去問看看，或許能得到更詳細的資料，這樣循線下去，或許可以找出勝呂的真面目。

「討厭啊！」

半小時後被拉到附近Snack的沙特爾・魯鳩的女老闆，染成葡萄色的手指挾著「雪拉姆」香菸，皺著眉頭。

「一辦這種舞會，馬上就拍照，你們這些記者就是這樣，她和我們真的沒關係呀！剛開始和男人來店裡玩，後來因為常常來，大家混熟了，有時候臨時找她幫忙，只是這樣子。」

「幫什麼忙？」

「願意當被虐待狂的女孩子很少吧！日薪雖然比扮虐待狂要高出很多，但是有時客人的動作太偏激，所以大家都不太喜歡……不過她是真正的被虐待狂。」

「都做些什麼動作呢？」

「這是用嘴巴說不清的呀！」

女老闆大約四十歲上下，長長的臉，戴著有色的眼鏡。眼鏡上繫了鎖鍊，每次她吐「雪拉姆」菸時，鎖鍊就輕輕晃動。

「什麼是真正的被虐待狂？」

「這個嘛！」她吐了口菸之後，慢慢地想。「總之，素子已到了想死的地步。」

「有什麼痛苦的事嗎？」

「痛苦的事？」

「或者是有什麼煩惱？為什麼想死？」

失。我認為那些積壓在心底的東西，就像火爐中的灰燼一樣，一直冒著煙。」

「這是非常弗洛依德的觀點？」

「這麼看也可以……冒煙的灰燼突然冒出火焰，燃燒起來。」

「的確如此，勝呂小說的主角，往往都是在現實生活中，被壓抑得幾乎透不過氣來的人物。他們在這種令人窒息的狀態中，掙扎到最後的結果竟然犯了罪。」

「是的，我書中的主角都是掙扎而犯罪的。」

勝呂眨眨眼，發出嘶啞的聲音，從這些小動作中露出神經質的性格。在特寫鏡頭裡第一次發現到勝呂的臉是歪曲的，左右眼大小不一。兩隻眼睛相比，右眼比較大。在小針的眼中看來就像畢卡索的某幅畫──二隻眼睛思考著不同事件。

（多重人格……）

小針直覺畫面上出現這幾個字；還記得讀過某本新書的「how-to」一節中談到：左右眼大小不一的人，大多是表裡不一的人。

「這麼說來，勝呂先生的文學裡的罪，與其說是人的意識中產生的，不如說是從無意識中產生的。」臉長長的男子又提出問題。勝呂稍微遲疑之後，提出訂正。

「不，正確地說，無論怎麼樣的罪，都和無意識有著某種關係。」

「那麼我們是否可以把無意識當作罪的母胎、溫床？這是勝呂先生罪的概念嗎？」

「我……」勝呂眨眨眼，「不是神學家，所以，這個問題還是向專家請教，我只是寫小說時產生這個看法。」

「哦？」

臉長長的主持人，這時才真正顯現出好奇心的眼神。

「其實，前幾天我也以同樣的問題請教過佛學家竹本先生；大乘佛教唯識論的看法和勝呂先生所說的一樣。」

勝呂默默地點點頭。

「我們準備了竹本先生談話的錄影，請勝呂先生也一起看看。竹本先生因為參加在巴黎召開的國際佛教哲學會議，很可惜無法參加這次的對談。」

畫面上帶紅色的斜線閃爍……和尚頭、精力充沛型、端坐著，兩手整齊放在膝上。

「長久以來您一直主張佛教中，掌握人心的是無意識。」主持人從旁誘導對方似地說。

「哦——是的。」

「那麼大乘佛教中把無意識叫作什麼呢？」

「是的。」男子說出似乎已經事先套好台詞，「我們叫瑪那識和阿賴耶識。所謂瑪那識是以自我為中心的意識，凡事都以自己為中心的思考，拉到自己身上，對自己有利的想法……另一方面在阿賴耶識中有無數製造痛苦的、執著和煩惱的種子旋轉著。」

「執著和煩惱在佛教中就是罪業吧？」

「是的，也可以這麼說。」

「形成那原因的種子，在我們的無意識中旋轉嗎？」

「是，就是那樣。把這種子稱為有漏種子（註：漏為漏泄之義，即指煩惱。有煩惱而輪迴生死，稱為有漏；無煩惱而能離生死，稱為無漏）……」

畫面上又出現斜線，鏡頭回到攝影棚的勝呂身上。

「勝呂先生，看來佛教的看法和您的看法極為相似……」

勝呂有點為難地同意。

「您是天主教徒……您也研究大乘佛教嗎？」

「不，我沒研究佛教。剛剛我也說過了，我是寫小說……產生這種看法的。」

從額頭上出現的憂鬱陰影，小針能感覺到勝呂已經疲倦了。小針伸出手把覺得無聊的、不好聽的聲音關掉後，注意著只有嘴巴動著的勝呂的臉。

左右眼大小不一。不知是否就表示那人表裡不一；勝呂臉上有混濁的陰影。無法明確說出那混濁之物是什麼，可是那陰影，小針認為這是誰也沒察覺到的，這位作家的陰影。

「你……騙人的傢伙……」

小針對著嘴巴動著的老作家說。然後伸出手把靜音的按鈕壓下去，聲音又出來了。

「哦！勝呂先生的意思是說，無意識是罪的母胎，同時也是救贖的母胎？」

談話的內容在關掉聲音之間有了大轉變。

「是的，我認為是這樣的。事實上，比起救贖，人的罪裡更顯現出當事者再生的慾望。」

「再生？」

主持人眼中出現的不是故意裝出來的，而是真正的好奇心，勝呂點點頭。

「我作品中的人物的確是在令人窒息的狀況中掙扎，最後犯了罪，可是罪對他們而言結果是……」

勝呂搜索著接下去的話，瞄了一下主持人的反應。

「罪對他們而言，是表示他們在尋求與以前不同的生活方式的慾望。」

「我們可以把這情形叫救贖嗎？」

主持人有點迷惑地問。

「可能還談不上是救贖，但是罪裡已包含救贖的可能性。」

「罪裡已包含救贖的可能性？……我想這是很特別的看法。這是天主教的觀點嗎？」

「這個嘛……」

勝呂露出和剛才一樣的急躁眼神。他輕輕地搖搖頭：

「恐怕不是吧！我是寫小說時自己這麼感覺……」

「這種看法和佛教有點類似，譬如有句話叫善惡不二，即善惡並非完全不同的看法……」

「是嗎？不過，我認為在罪裡包含救贖的可能性，這種看法並不是從佛教來的……」

「我知道了。現在再讓我們聽一下竹本先生的看法……」

畫面上又出現斜線，竹本先生嚴肅的表情浮了上來。

「在阿賴耶識中，形成罪之母胎的執著與煩惱的種子旋轉著，聽說大乘佛教認為這種救贖的種子也在阿賴耶識中活動……」

「是的！」

竹本瞄了一下放在桌上的台詞。從這裡可看出這位佛教學者幾分謹慎且正經的性格。

「這叫作無漏種子。好像白血球吃體內的細菌那樣，逐漸地把含有煩惱執著可能性的有漏種子包起來，加以淨化。」

「哦！那麼依照佛教的看法，無意識是罪的母胎，同時也是救贖的母胎嗎？」

「大體上可以這麼說。」

從玄關傳來粗暴的開門聲，拎著購物袋的女人聲音。

「我回來了，外面好冷呀！」

她走過躺在已髒了的沙發上看電視的小針身旁時說：

「可能又會下雪吧？」

「我想大乘佛教的看法和勝呂先生的文學是一樣的。」

「什麼呢？」

「勝呂先生真的沒受到佛教的影響？」

「是的，我這麼認為。但是我的血液中，或許已受到從祖先那兒來的影響……因為我是日本的作家，而不是歐洲或美國的作家。」

「怎麼看這麼嚴肅的節目？」

女人把裝著塑膠袋的購物籃放在沙發上，訝異地問。

「囉嗦！這是我的工作呀！」

小針沒把女人說的話聽進去。他的注意力完全集中在畫面上作家臉部的特寫。左右眼睛明顯大小不一，臉上有著某種混濁的陰影。從臉上的某部分看來像是五十幾歲的人，可是當脖子轉動時出現的皺紋卻無情地露出老態，小針知道這作家在不習慣的電視對談上已經疲倦了。小針認為：不管嘴裡如何掩飾，從攝影機拍攝出來的混濁陰影中，已透露出這位作家不讓社會知道的祕密。

電話鈴響。散完步了，回到寫作坊才一打開門的勝呂，就已聽到吵人的電話聲。這陣子，深夜常有無言的電話，而且不只一、兩次。對方似乎是從聽筒察看這邊的動靜。不理它，響了一陣子之後也會放棄似地停止。

看了一下信箱，可能今天郵差送得晚，裡面還是空空的。進入小書齋，打開呈煤油燈型的檯燈。他喜歡的溫柔光線照射在筆筒和鬧鐘上，鬧鐘秒針的滴答聲加深了房間的寂靜。他托著腮，在虛空中眼前又浮現成瀨夫人吃什錦鍋巴的表情。那表情，一天不知出現幾次，每次都添加勝呂對她的好奇心。她到底是怎樣的女人？無論外表如何，這位女性心裡有著會刺激小說家勝呂的另一個姿態。在那家中國餐館，勝呂最後開玩笑似地要她寫信給他；夫人應該不會答應這樣的要求吧！

電話鈴響。不理它，響了一分鐘還不停。不得已把聽筒拿到耳朵旁邊。

「請問是勝呂先生嗎？」

高姿態的聲音。

「我是採訪記者小針……」

「小針？」勝呂沉默了一下，「是去找過加納君的人？」

「是的。我想和你見面……」

「什麼事？是不是你那次說的，我到不良場所的事？」

「在電話裡不方便說。想直接當著你的面說才不會產生誤解，我想這樣對彼此都好。」

「誤解，你這是什麼意思？」

「我要是隨意地寫關於你的事，你不會生氣嗎？」

對方語氣中充滿著威脅的味道，勝呂雖然不高興，也只能說：

「好吧！不過我不想在寫作坊和你見面。」

「那麼勞駕你到六本木來，可以的話現在就來。」

勝呂的心中響起「趕快解決最好」的聲音。抑住激動，問清楚見面的地方。出門時，拿出信箱裡的二、三封信，塞進口袋裡。

計程車緩慢穿過夜晚的鬧區，在約好的餐廳附近下車。推開門，一眼就看到在簽名會上偷瞄他的男子，面前只放著一杯水。

「我看過你，在簽名會上。」勝呂說。對方並不領會這樣的打招呼，用下顎示意要勝呂看眼前的照片。

「你對這個女人有印象吧？」

勝呂看了那張照片，不高興地說：

「不認識！」

「請你再仔細看看！連一點印象都沒有嗎？」

「沒有，一點兒也沒有。」

「真的嗎？」

小針像審問嫌犯的刑警似的，眼光銳利。

「真的呀！」

「可是……這個女人啊，跟我說過曾經和你一起玩過呀！那時，她還素描了你的肖像畫。是準畫家，在新宿的櫻花街兼差替人畫像的。」

「你在開玩笑，我根本不記得有這回事。」

「可是啊——這位小姐和你認識的太太是好朋友。」

「我認識的太太？是誰呢？那個人！」

「你在竹下街的咖啡廳和哪個太太見過面？」

勝呂這時才弄清楚原來是這麼一回事，在那家咖啡廳第一次和成瀨夫人見面時，從外面偷瞧的男子就是這傢伙。

「那又怎麼樣？」勝呂有點狼狽，「有什麼不對的嗎？」

「那位婦人要是和照片中的這個少女很熟的話……你說不認識這個少女誰會相信呢？」

「抱歉！」勝呂的臉脹得通紅，「你故意找碴的話，我要回去了。要做什麼請便，不過那時我也有對付的方法。」

「對不起！」是深諳策略嗎？小針趕忙道歉，「不過，其實對你不太好的謠言已經傳出來。在頒獎典禮後的宴會上，不是也有來路不明的女人去搗亂嗎？」

「我記得，可是謠言和我無關。」

「既然如此，要是你能用什麼方式證明一下，那不是更好嗎？」

小針喝口杯中的水。服務生過來問要點什麼。

「威士忌加水，」有點不耐煩地回答，「我這裡蒐集到親眼看見你的資訊。」

「那是假冒我的人，我正覺得困惑呢。」

「你有把握說這樣的話？如果是這樣，跟我一起到附近去見一個女性，怎麼樣？不會太浪費你的時間。去了就知道，用不著十分鐘，你有把握嗎？」
哦！有把握，走吧，勝呂反唇相譏，但話一說出口馬上就擔心是否中了這個男人圈套。走出餐廳，風從橫巷吹來，這次小針諂媚似地說：
「我有幾個朋友還是你的書迷呢……」
勝呂繃著臉沒有回答。
從外面看，沙特爾．魯鳩是一棟三層樓房，別無異樣。避免客人曝光，可以和女孩連車子一起開進來。
「我不想增添你的麻煩，請你在這裡等一下。」
小針把小說家丟在路上，消失在門裡。勝呂用 Burberry 衣襟擋住下顎，看到對面有人走過來時，就作出苦行僧似的臉轉向旁邊。
小針和一位中年女性出來了。女的戴著墨鏡，看來就像是常在六本木閒逛的室內設計或服飾店的老闆；她是這家店的老闆。
「請進！很冷吧？」
女老闆很客氣地對勝呂打招呼。
「這個人，一直問個不停，什麼『你認識素子小姐嗎？你來店裡玩嗎』等的。」
女老闆笑著說明。
「這樣子啊。」

勝呂儘量想把這個女人拉到自己這邊來。

「您一定要正式否認。這個人啊，是採訪記者，似乎以揭人隱私為工作……一直想拿我當作攻擊對象。不過，他要是胡亂捏造，我準備提出告訴。那時或許要麻煩您當我的證人。」

「那就麻煩了，店裡有一些地位高的客人，這樣的話，店的信譽會一落千丈呀！」

「既然這樣，就更要弄清楚。」小針得理不饒人地說。

「那麼……要是可以保證以後你不再寫的話，就給你們看片子。」

「片子？」

「是的，那天宴會的片子。要是勝呂先生不在片子裡面，以後不要寫店裡的事。」

小針以眼色表示同意，勝呂也無異議。女老闆走在前頭，進入尚未開放的空蕩的建築物裡面，熟牛皮的臭味瀰漫整間房子。雜亂的辦公室旁的小客廳，擺著褪了色的沙發和電視，電視上放著博多木偶。

「這是素子小姐的畫呀！」

女老闆以眼睛「示意」壁上的畫。在塗滿黃褐色的校園裡，畫著捲貝似的漩渦。漩渦的線條是朱紅色。

「我不懂抽象畫。」

小針只稍微瞄了一下畫。

女老闆蹲下去把錄影帶放入錄影機中開始操作。一會兒電視畫面上有發光的白色斜線閃爍，突然，出現戴著黑眼罩、全裸的男女在相當廣闊的洋式客廳裡跳舞的場面。與其說是跳舞，不如說是像被風吹拂，微微搖動的樹般晃動著身體；從乳房和腹部的形狀知道有年輕女性參雜其中，有幾個男的胖得相當難看。

「這是在這裡舉辦的嗎？」

「不是！是借別的場地舉辦的，是為了慶祝三週年紀念。」

「是代代木飯店吧？」

小針突然說出那家旅館的名字。女老闆裝迷糊。

「這是大家都在 jump 的狀態唷！」

發出令人懷念的聲音。

「jump？」

「因為是第一次彼此試探的意思。」

畫面又換了。在四肢張開似乎是中年女性的肉體上，戴著眼罩的三個男人從三個方向壓過來。攝影機一直對著男子像小狗拚命喝水的忙碌動作。勝呂的腦中掠過從前記得的梅特光．山特密利歐、安特魯．德．梅魯等葡萄酒的名字。現在跟以前不同了，看別人的性行為只感到寂寞和無聊，或許這是六十五歲的年齡的關係吧！

「沒意思！」

小針可能是對一直持續同樣動作感到厭煩，掏出香菸來，但是沒抽，拿在手中玩弄著。
「沒什麼特別！大家的動作都一樣，奇怪怎麼不膩呀?!」
「不過，只有素子能夠陶醉了！」女老闆喃喃自言。「之後……」
「之後？」
「是的，無聊的場面還要再繼續一會兒。」
果然如她所說的，無聊的性行為的畫面還繼續了一下子。儘管體位和動作不同，事實上，不過是空虛和寂寞的動作罷了！
突然，畫面消失了。乳白色的影像晃動了幾下之後，突然出現嘴巴張得大大的女人臉。眼睛雖然張開，她的臉看來好像瞎子，而頭髮上沾染的點點灰色物如棉絮黏在上面。小針總算看清楚那是卸下眼鏡的那個女人。
攝影機往下移。有手放在素子的脖子上，逐漸掐緊。無名指戴著戒指，是男人的手指。
「黏在髮上的白色東西是什麼？」
小針以嘶啞的聲音問著，聲音嘶啞顯示出他的興奮。
「四個男人在玩素子小姐，第一個客人把蠟油滴在她身上……哦！肩上沾有蠟油、頭髮上也有一些。她說『掐緊我的脖子』，所以別的客人就掐她的脖子……」
素子眼睛半瞇著，眼珠向上翻，嘴巴微張。舌頭像口渴難當的人一般向左右蠕動。隨著男人的手慢慢掐緊脖子，看得出她正享受著恍惚的快感——清楚知道她正咀嚼著墜入死亡圓筒中的感覺。男人的頭有部分靠在她身上。女老闆得意似地：

「我們拍得很小心，避免照到客人的臉。因為這時候有人已把眼罩取下來了。」

「嘴巴像金魚般一張一合，大概相當痛苦吧？」

露出滿臉輕蔑的小針聳聳肩。畫面中逐漸展開的世界對他來說淨是超越常軌的景象。

「那個少女在喊叫著！」

女老闆好像自己受到汙辱般發出嚴厲的聲音。

「在喊叫著，叫什麼呢？」

「叫著殺死我吧！」

「是嘛，這和去死，是一樣的！」

「那又不同了。真正的被虐待狂打從心底希望被殺唷，是真的想死唷，她經常掛在嘴裡。儘管害怕不知什麼時候會死，但是只有在那時候自己挨打時，希望被活活打死；被虐待時希望就那麼消失，打從心底這麼想，還說要是在這種情況下死去的話，不知多麼甜美。」

「腦筋是不是有問題？」

「無論正常或發瘋，人不是都一樣的嗎？勝呂先生！」

女老闆突然向勝呂求助似地問。她可能認為小說家能夠瞭解自己和畫面中人的內心。錄影帶已播放完畢，勝呂注視著發出虛無的空轉聲的電視，沒有馬上回答。

作家的臉繃得緊緊的，和小針走出沙特爾．魯鳩，從那兒一下子轉到喧鬧的六本木時，表情仍然不變。看了錄影帶之後，霓虹燈、汽車的行列、冬天商店的照明、人潮等等，一切看來都顯得淺薄而無意義。

「我們找個地方休息一下吧？」

小針有點失望地問勝呂。從畫面的男女，找不到這位小說家也看不到那位中年婦女，感覺很可惜。

「已經夠了！」勝呂不悅地拒絕他。「希望以後不要像狗一樣到處跟蹤著。」

他舉起手，攔下計程車，頭也不回地鑽入車內，閉上眼睛。閉上眼睛後，那張臉清楚浮現眼前：半瞇著眼睛，嘴巴微微張開，像芋蟲似的舌頭向左右蠕動，頭髮上沾滿了蠟燭油。那張臉……是的，很像另一張臉，那是從前登上布爾修大教堂的鐘樓時，陽台四個角落上裝飾著的狂人臉孔。而剛才掛在小客廳裡的素子的畫，那像捲貝似的漩渦的畫突然又浮現眼前，一直注視著那漩渦，逐漸地覺得自己似乎也被那紅色的中心點吸入。素子所要描繪的就是那感覺；而那感覺或許就是她被男人鞭打、掐緊脖子時體會到的東西。「挨打，希望被活活打死，被虐待時希望就那麼消失！」這是女老闆的說明。黑暗的感覺與強烈的慾望存在於素子心中，存在於人心深處——為什麼呢？那……是……從何處產生的呢？

「請問要經過原宿車站前面嗎？」

司機的聲音打斷了勝呂的思緒。

「是的！」

全身感到疲倦；睜開閉著的眼睛，望著沒有葉子的外苑樹木、一株株黑黑的並列著，手伸入口袋準備付計程車費時手指碰到硬硬的東西。那是出門前拾起掉在地板上的三封信，因心裡煩惱著小針的事，沒看就直接塞入口袋裡。一封是出版社寄來的，另一封是陌生男子寄來的，而第三封很厚，沒寫寄信人的姓名和地址。

「請開一下燈好嗎？」他對司機說。

拆開信封，他知道陌生男子的那一封是上次在簽名會完後要求握手的青年寄來的。信封上蓋著他工作的某市的郵戳。

「上星期日，如上次跟您說的，我領洗了。領洗禮完後，第一次嘴裡咀嚼那聖體——祝福的麵餅時，我心裡直覺得有某些東西引導著我到這裡。而在這某些事物當中影響我最大的是您的文學。由於閱讀您的文學，我一步一步地接近這世界……想來這是神藉著您的文學對我說話。今後我也祈禱神祝福您的文學。」

勝呂胸中感到一陣痛苦，對盲目相信自己的這位青年——不只是這位青年，還有背後的許多讀者撒謊，感到內疚。內心吶喊著：「不要高估了我！」（我對自己的事已經應付不了了，對你以及別人的人生負不起責任的。）在目黑區窗上掛著舊窗簾的小飲食店中，加納讀勝呂的習作批評「裝模作樣」這句話是真的。那種不安雖然經過了三十年以上的歲月，仍然盤據心中。

「不要高估了我！」

他不由得忘我地叫出聲來。

「咦——」司機嚇了一跳回過頭來問。「怎麼了？」

「不，沒什麼。」

他紅著臉，低著頭把手裡的信輕輕地撕掉，撕成兩半，再撕成兩半。那手心微濕的青年的臉，感覺就像這封信變成碎片消失了。

打開第三封信。在浮水印的白紙上娟秀的字填得滿滿的。這個女人似乎也和青年一樣不是把勝呂當小說家，而是把他當成宗教家……。

「我猶豫了好久，最後還是決定寫這封信給您。

「您請我吃飯的那天晚上，您說想知道我的另一個面目。

「我不想增添您的麻煩，所以信封上沒寫名字，不過我想您應該知道是誰寄的。」

那樣的文字接連映入勝呂眼中。成瀨夫人寄來的信。

4

當我在醫院裡和小孩子玩遊戲時，意外發現您在門口往裡面瞧，就像睡眼惺忪被人看到一樣感到難為情；然而，當您請我吃飯時，我覺得恍如置身夢中，或許您會認為我是厚臉皮的女人吧！

我猶豫了好久，最後還是決定寫這封信給您。因為我想掩飾、欺騙自己，不但沒有意義，而且對小說家的您來說真的很失禮。您請我吃飯的那天晚上，您說想知道我的另一個面目。到目前為止，我從未向別人說過，因此我實在沒有勇氣說出來；不過，我又想如果是您的話一定能瞭解，絕不會誤解，不，更重要的是您對不同的人格表現出異常的興趣，因此我想或許您也和我一樣隱藏著什麼。

這就是我寄給您這封祕密信的理由。我不想增添您的麻煩，所以信封上沒寫名字，不過我想您應該知道是誰寄的。

我相信您，才把我和亡夫之間的祕密在這封信中說出來，我希望您看完之後馬上把它處理掉，避免落入第三者眼中。

我先生和我是遠親，年紀和您一樣，在P大學教書，名字是成瀨俊夫，說不定您也聽說過。我雖然不是很清楚，不過他在近代經濟學方面做了一些事。

或許您也一樣，成瀨在大學二年級時，因「學徒出征」（註：二戰末期的一九四三年，日本為補充兵力，徵召二十歲以上尚在學的文科學生當兵出征。除日本國內學生，連當時為日本籍的台灣、朝鮮、滿州國的學生也在徵召之列）加入陸軍，到戰爭結束為止一直在中國。

他念大學時，住在信濃町附近車站旁的某基督教學生宿舍，當時我是小學生，母親曾帶我去過兩、三次。雖說是遠親，不過母親非常熟悉小時候的他，因此對從岡山來求學的他，照顧得真是無微不至。

學生宿舍的舍監是東大哲學系講師的Y老師，我先生很尊敬這位老師，就加入他們的圈子，受到Y老師的影響，有一陣子還考慮受洗呢。後來他跟我說，他能夠住進這棟只有信徒才能進來的學生宿舍，是經Y老師許可的。

「阿俊！」母親到這棟學生宿舍看他時，拜託他說：

「你能不能抽空教教萬里子的功課？」

「可以呀！要是您認為我還可以的話。」

穿著和服的他望著我，露出白牙笑著。您可能還記得吧，那時候的學生似乎很多人穿和服。

雖然還是小學生，不過當我看到他健康的笑容和白色的牙齒，留下好印象。現在回想起來，那時是和我結合的開端。

我很喜歡念書，因此期待每星期三他的到來。而他在教我念書和做完習題之後，可以在我家「營養補給」，樂在其中。

雖然他學的是經濟，對文學卻很瞭解，飯前會告訴我許多東西，譬如格列佛遊記和托爾斯泰民話中伊旺（註：民話主角名字）的故事，在我先生已不在的今天回憶起來，更令人心酸難過。

「你知道人心深處是什麼樣子嗎？」

某天，俊夫突然問我。對少女的我而言，這是個難題，雖然我回答了。

「人心內部有好幾個房間。最裡面的一間就像萬里子家中的儲藏室一樣，收藏著各種東西。可是到了深夜，那些收藏著被遺忘的東西就開始活動了。」

我想起家中儲藏室裡的木箱和滿是灰塵的錄音機，以及嫁出去的姊姊的洋娃娃等東西。還有以前父親從德國買給我的金髮洋娃娃。那大大的眼睛，在我看來不但不可愛，甚至有點可怕，怎麼也不喜歡它，就放到儲藏室裡。我想像著是否那洋娃娃在深夜，當我們睡著的時候開始活動。

「深夜心中的洋娃娃真的會動呀？」

「心中的洋娃娃嘛！是呀，心中的洋娃娃會動、會跳舞。晚上做夢時會出現。」

真不可思議，令人感到暈眩的話。我在心裡描繪著：眼睛大得有點可怕的少女洋娃娃，它活在我的心裡，在白天一動也不動，到了晚上就跳舞的情景。

結婚後，他感到好笑地跟我說，那時候他正在研究宗教，所以就拚命地跟我說些有關內心的問題，對我來說太難了；不過，我還聽得很入神呢……

談這些毫無意義的回憶，可能會浪費您的時間，不過這是有理由的。當然，我們有數不清的、值得回味的往事，可是，現在回想起來那時的對話可能是現在的我的一切起點。人生沒有哪一件事是真正毫無意義、完全浪費的。而為什麼那時的對話會是我一切的起點呢？您很快就會明白的。

他來當家庭教師的第一年，政府就決定「學徒出征」。從那時開始戰爭逐漸失利，在小孩心中也隱隱感覺到，因此每天的情緒都很低落。我問母親：連他那樣的大學生都要參加打仗來看，日本不是已經戰敗了嗎？母親嘆口氣說：「連學生都要參加打仗唷！」就沒再接下去說。

您還記得雨天在神宮外苑舉行的歡送會嗎？現在偶爾電視上還會放映。隊伍在雨中行進。從片子裡可以找到揹著槍戴著角帽走在水窪中的成瀨。

他入營到千葉的部隊。三個月後母親和姊姊帶著我，還有上京來的他的父親到軍營面會。出現眼前的成瀨穿著不合身的軍服，手因凍瘡和龜裂腫得高高的。他用腫起的手抱著母親親手做的壽司盒子。然而，當姊姊遞給他所要的詩集時，他臉上顯現如雨過天晴的陽光般喜悅，成瀨對鉛字太飢渴了。

像這種面會三次之後，他的部隊被調到中國大陸。老實說，蓋有中國檢閱章的明信片第一次寄來時，我們高興得跳起來，因為成瀨沒有被送到南太平洋的危險島嶼去。大家都知道，那時日本已處於劣勢。美軍開始在太平洋諸島上展開猛烈的反擊。父親對我們說，要是在中國，戰鬥大概不會那麼劇烈吧！阿俊有一天一定可以安全復員回來的。

如我們所願，成瀨一直留在中國。後來聽說他從見習軍官升為少尉，除了幾次小規模的游擊隊掃蕩仗之外，很幸運地沒被捲入大戰役裡。從他幾個月、看來像是無意中想起才寄來的明信片，知道他過著很悠哉的生活。那時候東京受到連日的空襲，加上糧食不足，對他在軍中反而安全的生活，我們感到很羨慕。

「昨天抓到一隻雞，和戰友們就在河灘上煮起雞肉鍋了。」

信裡談一些輕鬆愉快的事，家人們還說真不知到底哪邊才是真正的戰場。他在岡山的老家安然無恙，不過我家卻被燒掉了，於是住到鶴川村親戚家的獨間。

或許您會懷疑這些跟您的問題又有什麼關係呢？可是若不把從前的事略作說明，我擔心您無法瞭解以下我說的，因此還請您再忍耐一下！

戰爭結束後經過半年，成瀨總算復員回來了。雖然在故鄉已經休養了一陣子，但是上京來的他顴骨突出，還穿著新兵時穿的鬆垮垮軍服。我們真不敢相信這就是少尉軍官？心裡暗暗猜測著二年的軍隊生活他會有些什麼改變，而感到惴惴不安。身上揹著身體大小的背包，聽他說是費了很大的工夫才找到我們暫住的地方。

「寄到中國給我的書，我不知讀了多少遍！復員時有的掉了，有的被沒收了。」他感到很抱歉地向我們道歉。

現在我的眼前，又鮮活浮現第一次面會，我遞給他書時，他臉上閃爍著喜悅的光輝。

復學後，他像餓壞了似地猛啃書，或許是個性的關係，很受學長及老師們的疼愛，研究所畢業後留在研究室。後來申請到富爾獎學金（Fulbright Fellowships）去美國留學。那時我是大學生。

我們是於成瀨歸國，好不容易當上商學院年輕講師之後才結婚的，他的薪水連最起碼的生活都無法維持，因此我拜託在H書房工作的朋友幫我翻譯一些西默農（註：Georges Simenon，一九〇三～一九八九，比利時出身的法語小說家、推理作家）的法國推理小說。因為只有法語我是全心全力去學的。

在明治大學前烽火殘存的房子，租了兩個房間。當時一出車站就是被燒成廢墟的原野，雖然已開始蓋新房子，而我們的家是僅存的幾家舊日式房子之一。車站前已有小市場，但是冬天稍晚單身女子不方便，因此送翻譯稿到出版社回來時，要他到車站來接我。在市場二人邊討論邊買晚餐的菜，手牽著手回家。還記得途中有棵大櫸樹，秋天樹枝上停著幾十隻白頭翁。

終於要談到正題了。寫這樣的事可能會被譏為行為不檢點吧！可是上次和您談的結果，我認為是無法避免的。對我來說性不是可恥的，不過，我還是再一次拜託您看完之後務必燒毀！

少女時代的我成熟得比較晚，希望透過小說和其他書籍能夠瞭解比常人多一點，可是感覺上就像欣賞未曾去過的異國街景照片一樣。一直到和成瀨結婚為止，我並不瞭解自己的身體。

成瀨人很忠厚，如我向您說過幾次，還有少爺脾氣。換句話說，他有溫柔的一面也有任性的一面；有神經質的一面也有純真的一面，性生活方面有非常任性的地方，而且慾望很強。結婚那天母親對我說：

「一切要聽他的話！」

我聽從母親的話一切服從他，演了一場好像很快樂的床戲；其實，心裡偷偷懷疑這種事怎麼是生活之愉悅呢？

我並不討厭成瀨對我的需求，但是，有時候被他出乎意料的執拗嚇到。他不只是晚上要，不用上學的星期日，在廚房從背後緊緊抱住我；冬天圍在暖桌時，突然抓住我的頭髮，把我推倒就壓上來。剛開始時我以為那是強烈的愛情表現。可是，等我仰臥往上看他的臉時，那竟然是我完全不認識的另一張臉。

那是我完全不認識的臉！跟平常帶有幾分溫柔，顴骨一帶透露出神經質的陰影，笑起來有點像小孩子的臉完全不同。那是眼裡滿布血絲，殘酷表情的臉。「誰？你是誰！」我感到不安，不，不是不安，是因恐怖而叫了出來。成瀨的慾望雖然很強烈，但是時間很短，萎縮下來之後又露出小孩般的微笑。

說幸福嘛，也過了一段幸福的日子；父母親感到遺憾的是沒有孫子，曾到醫院檢查過，原因卻不明。這是令人寂寞的事，當時並不覺得那麼惋惜、不幸！成瀨並不討厭小孩，可是我怕自己有了孩子以後，生活會產生劇烈的變化，我害怕自己會變成每天只為小孩忙碌的媽媽，他的口頭禪是小孩念書很麻煩，有時還當真，主張不要有小孩。

那時候也有幾件值得懷念的事，成瀨的論文受到學界大老教授們的賞識獲得T獎，以及兩人相偕到東北旅行等。

T獎分為學術獎和文學獎，頒獎典禮和慶祝會同時在東京的車站飯店舉行。那天胸前戴著大紅色人造花的成瀨或許是興奮和喝了酒的關係，有點亢奮。

「西裝不要弄髒了唷！」我故意譏笑他。「希望這套西裝下一次領獎時還可以穿。」

在那次宴會的人群，我幸運地遇到了一個人。其實，那個人就是您。或許您是以得獎者加納先生的朋友身分出席的吧？那時我第一次看到您，做夢也沒想到現在會寫這樣的信給您。

宴會中，雜誌社負責接待的人來到我旁邊說：「您認識叫川崎的男子嗎？他說要進來會場；這麼說是很失禮的，不過他好像不太適合來這種地方。」

我從來沒聽成瀨說過川崎的名字，所以就到服務台上看看。果然像雜誌社的人說的，有個相貌和打扮都不好的中年男子滿臉不高興地站在服務台旁邊。

「妳是成瀨太太吧？」

那人滿嘴酒臭，很親密地問我。

「妳去轉告妳先生一聲，說當兵時的川崎來了；我是看到報紙才知道的，心想再沒有比這更值得慶賀的就趕來了……」

「那麼，您是我先生的戰友了？」

「不，與其說是戰友……不如說是從前的夥伴。」

男人這麼說著，別有含意地笑了。

於是我回到會場找我先生。走到被報社記者包圍的他身邊，用手肘輕輕碰了他一下。聽到川崎這名字時，成瀨本來很高興的臉突然僵住了。或許別人沒注意到，可是身為妻子的我當然發現了。他裝作若無其事地把話題告一段落後，留下我，「請替我招呼老師們！」之後，就匆匆走出會場。

我覺得很納悶；留在會場向來賓道謝、打招呼，不時回過頭來看看背後。過了不久，我先生又以平常的表情回到會場來，或許大家都以為他剛剛去上廁所。

「川崎先生是誰？」

那晚，又續攤很晚才回家，用衣架掛好他唯一的應酬服裝時我問他，他的臉又有點僵硬。從僵硬的臉上使我懷疑成瀨或許和川崎之間有著連我也不知道的祕密，我感到嫉妒。

因為深愛著成瀨，所以從那次之後，就特別留意他的舉動，每次把川崎打來的電話接給他之後，自然而然地注意丈夫的回答和表情。

有一天，打掃時發現奇妙的事。並列在書架上所有 Larousse（註：法國的辭典出版社名稱）辭典都只剩下空盒，裡面重要的書都不見了。我先生是為什麼拿出去的呢？而且還故意不讓我知道……想起大約半個月之前，成瀨每天有事出去時除了皮包之外，還帶著用包袱巾包成四角形的東西。

「啊，那個啊！」

對於我的詢問，我先生裝作若無其事地回答。

「拿到研究室去了呀！」

大學的研究室不可能沒有韋伯辭典或 Larousse 辭典。縱使沒有，就近的校內圖書館也應該有。這是婚後我第一次知道先生在撒謊，我覺得受傷，很傷心。

我直覺他是把辭典賣掉籌款給川崎。我甚至想像成社會版經常看到的事件——我先生可能有什麼把柄被川崎抓住，受要脅。眼前浮起嗜書如命，對其他事一無所知像小孩的丈夫被川崎擺布的樣子，我告訴自己非保護他不可。可是，像丈夫那樣在軍隊裡到底有什麼把柄被抓住呢？

有一天是星期六的下午，當我一個人在家時，川崎打電話來。

「很不巧我先生出去了。」

我這麼回答的瞬間，想用話套他的念頭閃過腦海，

「我先生錢給你了嗎?」

那時喝醉酒、眼睛紅紅的川崎的臉又浮現眼前。對方沉默了一下:

「錢?什麼錢?」

我聽得出他是故意裝糊塗,於是就放大膽子,把話說得很肯定。

「我先生沒有交給你錢嗎?」

我在腦子裡已準備好了應變,要是他回答不知道,我馬上回答:我先生說過向您借過錢,所以……。不過,對方被我的話嚇住了,說出實話。

「啊,已經拿到了。」靜默一下之後說,「太太,您都知道啊?」

「是啊!」

「雖說是夫婦,但我沒想到他會跟你說。好吧,既然這樣反而好說話,你先生回來以後,請轉告他慰靈會的錢可能還需要一些。」

「是慰靈會的啊。」

從成瀨那兒我從沒聽說過這樣的事,同時心裡對川崎剛剛說的「雖說是夫婦,但我沒想到他會跟你說」耿耿於懷。

「下次再跟我先生說大約多少錢,是嗎?」

「好吧!請你跟他說計算之後再通知他。不過,太太也知道這件事反而好辦。總之這是戰爭的緣故也是沒辦法的。雖然如此,不過回到日本之後年紀大了,想來心情仍然沉重。再怎麼說是死了幾十個女人和孩子。本來打算在那村子建慰靈塔，但是現在我們日本人還不能去中國……」

電話切斷了。開始動手的翻譯想繼續翻下去，可是剛剛聽到的每一個字都像「謎題」一般紛紛浮現腦海裡，無論如何都翻不下去。

成瀨回來後也沒說什麼。我看到他的臉，不知為什麼，就想起從前和母親一起到學生宿舍看他時，他穿著卡其服，露出白色牙齒的笑容……

那晚，他疼了我。我的臉埋在他的手臂上突然問他：

「慰靈會需要很多錢嗎？」

對我的聲音連自己都感到驚訝，聽來是那麼可愛、天真。然後，突然用力掐他的手臂。

「怎麼都不跟我說呢？川崎先生已經告訴我了唷！」

成瀨沒回答。我也很狡猾，更嗲聲嗲氣地說：

「你是不是怕我擔心啊？好見外呀！坦白跟我說不是很好嗎？是戰爭的關係嘛！」

「川崎跟妳說了些什麼？」

成瀨抽出手臂，仰望天花板。

「全部呀！包括女人、小孩的事。」

我把像謎般零零碎碎的每一句話，在自認為是適當的瞬間填下去。

說實在話，那時我根本不知道這些話集合起來，會是什麼樣子。我有模糊的預感，預感似乎在警告我不要去知道我害怕的事。

「那麼，妳對我有什麼看法呢？」

在枕邊的檯燈光下成瀨笑了。就是那張臉，那新婚當時，被他抓住頭髮按倒時看到的另一張臉。

「怎麼會？我不是說了嗎？是戰爭的緣故，也是無可奈何的。」

避免被他看穿我很認真，臉上裝出像母姊般的微笑。

「那您現在的心情跟川崎一樣沉重？」

「不，這個嘛，不知為什麼那一次還有再下一次心情並不那麼沉重，反而欣賞房子燃燒時的火焰美景。」

他注視著天花板緩緩回答。

「那一次還有再下一次……這麼說是有兩次了？」

「是呀！」

「房子燒了……那時女人和小孩都在屋子裡？」

「是啊！把所有的人都關在屋子裡。」

「把他們活活燒死，……這是命令嗎？」

「第一次是命令。聽說有間諜潛伏著，有兩個戰友被殺死，所以士兵們都很激動。不過第二次是我們小隊擅作主張。」

他把兩手當枕頭，閉上眼睛。耳朵深處似乎聽到女人和小孩關在農家屋裡焚燒的劈啪聲。那聲音我很熟悉。像空襲時每晚列車駛過的聲音。而我現在在深夜的寢室裡，和他一起聽那聲音。

我沒輕視他，也不覺得他可怕。突然，我有類似痲痺的感覺。第一次瞭解在有時看來像弟弟的丈夫身上，存在著不同男人的影子；而這兩種矛盾的東西構成了丈夫，這對我是衝擊同時甚至體會到快感。

我突然壓到他身上，第一次主動吻他的嘴唇，把臉埋在他的胸前，強烈要求。成瀨也早有準備似地粗暴進入我的體內。

「說！」我叫著。「你說，是怎麼燒的呢？」

「把四周圍起來，讓裡面的人逃不出來……澆上油，然後點火。」

「聽得到聲音嗎？你說！是怎麼樣的聲音。」

「聽得到，也有小孩子從門內跑出來的，都開槍射殺了！」

二人在床上翻滾、喘息。

「你說，女人被射中時，是怎麼樣呢？」

突然，一切都停止了，他軟下來，默默地站起來離開床鋪，我滿身是汗仍然伏臥著。成瀨回到床鋪，好像剛才的事沒發生過閉上眼睛。

以後，我們夫婦沒有再提起這件往事。他依然是溫柔與任性，純真與神經質並存的丈夫。我擔心舊事是否會被重提判為戰犯呢？還好，後來什麼事也沒發生。恐怕是因為可能當證人的人全部都被燒死的緣故吧？還是沒有人控訴？對這一點現在我都還覺得奇怪。

可是，那夜深烙在腦海裡的回憶並未從夫婦之間消失。在快熄滅時，卻變成我對他燃燒不完的火種。兩人甚至把它當成是不可碰觸的禁忌似的，對我而言那是夫妻間神聖的祕密。

我老實說：

後來我和他同床共枕時，看著枕邊檯燈照射下的丈夫的臉時，經常想像一件事。那是從未見過的村子，他派部下在村子的入口、出口處把守著。把女人和小孩都趕入牆壁是用泥土砌成，屋頂是用稻草蓋成的屋子裡，川崎在房子四周灑上油，然後一直看著手錶，等一切準備完了之後就點火。火焰騰空，吞噬農家，燃燒的屋頂稻草隨著黑煙開始在空中飛舞；而從屋裡傳出哀鳴和哭泣聲一起升空，變成一團火球的小孩或抱著嬰兒的女人跑出來了，他和部下把那些人一個、一個射殺了。

是這個人射殺的，是這個人！是現在趴在床上喝威士忌看書的這個人，那時他射殺了小孩的母親和小孩……想到這裡，突然從腳尖到頭頂有一種無可言喻的快感迅速流竄，我好幾次都叫出聲來。然而，成瀨沒有察覺說：

「怎麼了，睡不著啊？這本推理小說，一看下去就欲罷不能！」

那笑容的確是從前我認識的他，很受到來家裡玩的學生們喜歡的臉。

我被丈夫疼愛時，腦中幻想著那幅光景。因為這樣會產生無可言喻的快感，也增加對丈夫的愛。丈夫身上具有的兩種性格，增加了我對他的愛。是的，我從未產生輕視他、責怪他的情愫，又怎麼會覺得他可怕呢？我要是男的，同樣也去打仗，可能也會做出同樣的事吧！也一樣會對自己的配偶裝作若無其事地生活著，我不知做出那樣的事他內心是否痛苦，但是至少在妻子的我的面前從未露出痛苦的樣子。

然而他的體驗對我的精神造成一種刺激，對於利用這事的我，對自己也從沒感到厭惡。

我們的婚姻生活繼續了二十三年。到他五十五歲那年，有一天從大學回家途中發生車禍死亡為止，是幸福的。而那件事後來沒有再成為夫婦間的話題，可是卻成為我心裡只要想燃燒，任何時候都可以燒得熾烈，對二人的肉體產生強烈刺激的火種。後來也沒再見到川崎先生，而我先生以學者來說，他的研究成果相當可觀，逝世時全校為之痛惜、哀悼。

先生逝世後，我被無法填補的空虛侵襲。我沒為他生孩子是多麼令人惋惜，對自己缺乏的母性愛從沒有像那時候那麼深刻。

為了填補空虛，我參加朋友告訴我的培養義工的講習會。這種講習會是為了培養義工而設立的，接受一年的訓練之後，可以到都內的醫院工作。

參加一年的講習之後我被分發到您也知道的那家醫院。被問到選哪一科時，我回答小兒科。至今仍然記憶猶新，護理長帶我到嬰兒室，第一次把奶瓶放到小小玻璃箱中不足月的嬰兒嘴裡時，從未給小孩吸過奶的自己的乳房尖端熱熱的。還有緊緊抱著我，要求我說故事的患血癌的小孩，終於從某月開始逐漸沒有氣力，看著滴著輸血和抗癌劑卻仍然昏睡時，我從心底祈求神讓我代替他們去死，這絕不是謊話，是出自真心的希望。

另一方面我絕對忘不了丈夫所做過的事。下了班回到家，吃完飯，在房裡面對著掛在壁上的丈夫遺像，那回憶又再甦醒。很快燃燒起來的火焰把農家包圍，火屑與黑煙在空中飛舞，從屋裡傳出哀叫聲的同時有小孩和母親從裡面衝出來……是丈夫把小孩射殺了……不！我也和丈夫一起笑著把小孩射殺了……當這回憶和丈夫的臉重疊在一起時就會產生一股無法壓抑的衝動。我想知道這股衝動到底是從內心的哪裡來的呢？到底要把我帶到哪裡去呢？這連我的智識和理性都壓抑不了的內心深處的黝黑之物……

在一個偶然的機會我認識了一個比我年輕的女人。她心中同樣有著壓抑不了的可怕東西，坦白說，她就是為您畫肖像的糸井素子。

素子的方式不一樣；素子以不同的方式讓我嚐到和丈夫教我的同樣快樂。她也會在酩酊之際，大聲喊叫讓我這樣死吧！我也回答妳去死吧！人可以為愛或美而死，同樣地也可以為醜或惡虛無而死。這是我看到素子的樣子所產生的看法，希望您能瞭解。

和素子過夜的第二天，我會精神煥發地到醫院，照顧小孩子，幫護士的忙。但是一到晚上……又再想起少女時代丈夫告訴我的內心儲藏室的故事；儲藏室中有張大眼睛朝著我看的洋娃娃，到了晚上就開始走動、跳舞。而我心中的洋娃娃也在跳舞。或許您會問哪一個才是

5

深夜，被電話鈴聲吵醒。那鈴聲在樓下的走廊，執拗地響著。放在桌上的夜光錶時針指著凌晨二時。

「有電話呀！」

勝呂察覺到隔壁床鋪的妻轉身。

「不要管它！」

「沒關係嗎——是惡作劇的電話吧！」

勝呂靜靜地聽著電話鈴聲。妻在黑暗中也不安地豎起耳朵。勝呂甚至於覺得鈴聲像是從心底發出的呻吟；心底有口張開的深洞，那是吹往深洞的風聲，是他的小說中從未描寫過的東西……。

接待室也和電視台的化妝室一樣，四面鑲著鏡子，勝呂看到映在鏡中的自己感到煩悶。

剛喝一口小姐送來的紅茶時，栗本即敲門進來。

「聽眾已經來了八成左右，來聽您和東野先生演講的以家庭主婦居多。」

正經、老實的編輯沒有提起二人一起逛過歌舞伎町風化街的事。他很清楚說出來對勝呂是很失禮的。

「東野先生今天準備講什麼？」

「題目是談幻影。」

栗本上班的出版社每個月為讀者舉辦一次小型演講會，每次聘請兩位講者。這次和勝呂一起演講的東野先生是研究弗洛依德的心理學者，宴會上曾見過三、四次面。題目是談幻影，可能是指弗洛依德所說的由性慾產生的幻影吧！此外，勝呂就不太瞭解了。

栗本走出接待室，勝呂剛喝完紅茶時肥胖的東野進來了，看樣子可能從大學直接過來，他把嶄新的箱型公事包放在化妝檯上，以和高大身軀極不相稱的尖銳聲說：

「紅茶我不要了。我自己帶了提神藥（酒）來。」

像魔術師般，拿出小水壺。

「演講前不喝一杯是不行的。」

「喝了就有精神嗎？」

「是呀！精神會好得不得了，連聽眾都看成石塊。」

「這樣不是正符合您今天演講的題目幻影嗎？」勝呂說。「幻影是否具有和實體相同的輕的女性、學生們期待些什麼樣的內容。說實在的這些讀者有一大半，到會場之前已猜測他可能會談些什麼。

進入情況之後，談到妙處聽眾也會引起共鳴、頻頻點頭。終於很從容，可以看清剛才還模糊的每一位聽眾的臉，勝呂開始在人群中尋找成瀨夫人的影子。

「有一位青年來看我，他一直埋怨自己不會講話，不善於和人交際，損失非常大。要是以前的我，我會介紹他看一些說話術之類的書，或者教他講話的方法。可是現在的我——已體會出任何負面當中隱藏著正面的道理，我告訴他善用自己的口拙。所謂善用口拙是……」

勝呂停頓了一下，眼光掃過坐滿大廳的每一位聽眾身上，這時候，停一下是很重要的。

「成為好的聽者就行了。不善言辭的人，當對方說話時，只要眼睛注視對方的臉，不停點頭就可以了。這樣對方會很高興，就像現在各位讓我覺得高興一樣……」

大廳裡響起一片笑聲。勝呂覺得很得意，眼睛朝大廳正中央附近的出入口處望過去，突然，他用力地眨了一下眼睛。

他在那兒，和勝呂就像是一個模子印出來的臉在出入口附近露出輕蔑的笑容，正朝著自己看，就和受獎典禮的那晚完全一樣。

「不善言辭的負面中包含著可以成為好聽眾的正面。不只是不善言辭的情形是這樣，人所有的負面都不是絕對的。在負面中包含著正面。即使是罪也包含著正面。在罪裡可以發現到人尋求再生的情愫。我在小說中也融入這個看法，並且經常提醒自己。」

勝呂覺得全身發冷，又再眨眨眼。可是縱使再怎麼眨眼睛，這個男人不會像頒獎典禮時那樣消失。看！他發出了輕蔑的笑，那是在嘲笑我；是下賤的微笑，是的，那是在展覽會上肖像畫的表情。

大廳裡到目前為止和諧的氣氛突然遭到破壞，在和諧的聲音當中，不和諧的聲音有如痙攣般流竄著。勝呂突然不知如何把話題接下去而感到著急。他剛才說到例如縱使是對人而言並非全無意義，對救贖來說有它的意義，然而這話題要怎樣接下去呢？不知為什麼，腦中一片混亂，勝呂停住了，心裡越焦急就越理不出頭緒來，有如身陷泥淖。耳邊響起接待室中東野說的話：

「無論是誰都有想回歸到子宮或黑暗、寂靜、無感覺的慾望。拒絕向上，只想下墜的慾望……」

紅線的漩渦團團轉，速度加快，勝呂似乎要被吸入漩渦的中心。

「最重要的是描寫人。」勝呂像是背誦台詞似地只有嘴巴動著。「這是作家的第一目的，最重要的是探討人的內心深處，這是作家的絕對義務。而這個目的與義務，無論他是左翼作家也好，或是像我一樣不是純正的天主教徒也好，是不會改變的。至少到目前為止，我並沒有因自己的宗教信仰而美化了作品中的人性。認為醜陋的東西就直接寫出來。」

現在，那個男子從椅子上慢慢站起來。站起來之後往勝呂方向看，走到通道時又回過頭來，從他的動作和態度上很明顯的是輕蔑勝呂說的話。

男人站在出入口旁邊，又露出曾見過的同樣微笑。

（你是在撒謊呀……）

恍惚中勝呂聽到男人的嘲笑聲。

（你真的正視人類的黑暗面嗎？你不是小心翼翼地寫一些不會損害到讀者對你的印象的事嗎？就好像你對待太太那樣。）

（沒有這回事！我也盡力探討人的黑暗面、汙穢面。）

（沒錯！你描寫的是總有一天會獲救的「罪」，如同你所喜歡的天主教作家們一般；可是你避開了另一個世界不想去探討……）

（所謂另一個世界是……）

（惡呀！就是那個惡呀！罪與惡是不同的。）

勝呂冗長的沉默之後，聽眾開始騷動起來。勝呂的額頭出汗，聽到栗本急促走來的腳步聲。

「怎麼了？」

那個男人像用橡皮擦擦掉似地消失了。汗流到眼瞼。

「實在非常抱歉！勝呂先生突然身體不舒服，演講暫時停止！」

栗本用麥克風向聽眾道歉。

「不過，接下來請東野先生演講，所以請各位留在原位。」

勝呂背後響起無力的鼓掌聲。勝呂回到講台的側面。

「要不要叫醫生？」

「不用了，很抱歉。我到休息室休息一下就好了。」

他對擔心他的栗本搖搖頭。但是頭還是痛，感覺得出背部和額頭還在流汗，在講台側面等候的東野抓起勝呂的手把了脈，輕聲說：

「脈搏正常。」

「可能是緊張過度的關係，躺一下就好了。」

勝呂在休息室鬆開領帶，解開襯衫的釦子，躺下來一閉上眼睛，客滿的大廳裡瞪著自己的那張臉又出現了。（沒錯，你描寫的是會獲救的罪……）為什麼耳邊會響起自己想都沒想過的話呢？為什麼連坐得離講台那麼遠，他的嘲笑都看得清楚呢？對了，那是幻影。不，或許是假冒我的人？那傢伙來了嗎？一定是看到那傢伙，看到活像自己的臉的衝擊過大產生的幻聽。

他想把這現象解釋為幻覺。否則，這種奇怪而且不合理的現象是不可能發生在六十五歲的人身上！

我人生的過半，迷失了道路，在黑暗的林中徘徊。

這是從前讀的《神曲》的第一句。書中主角和自己不同的只是年齡，自己早已步入人生的晚秋，然而迷失道路，在滿是落葉的黑暗林中踟躕……

被敲門聲吵醒。他宛如從水底浮上來喘了口大氣。

「好一點了沒？」

到底過了多久了呢？從門中間看到演講完的東野的臉。

「沒問題。我醒過來了。」

慌忙撐起上半身，拿起脫下的衣服，感到輕微的暈眩，不過大概不會有什麼大礙。

「是腦貧血吧！」東野看了勝呂的臉色又發出尖銳的聲音。「可能是太疲倦了！」

「好像是這樣子。」

「要不要喝一點提神劑？」

他拿出盒子裡的小瓶威士忌，勝呂搖搖頭。

「我想該回去了！」

「栗本君馬上就來了，再等一下吧。他去安排車子。」

勝呂站起來之後，靜靜地在原地站一會兒。

「很抱歉，是不是可以再請教你一些問題……很難得有機會當面請教心理學家。」

「沒關係。……不管什麼都行。這次是什麼問題？」

「有人看過和自己一模一樣的人嗎？」

「和自己一模一樣……啊！這叫作分身（Doppelganger）或者叫二重身。不多，但是學會報告中有一、兩件。告白說患中耳炎之後，演變成神經衰弱，產生幻聽，後來看到自己躺在眼前，那是跌倒後的自己的屍體，服裝也完全一樣，還清楚記得灰色的褲子。」

「看到二重身的患者，經常是神經衰弱嗎？」

「大致如此。聽說會有長期失眠、體溫異常、身體消失感、思考力消失等症狀……你為什麼對這個問題有興趣？」

「不！是小說裡想談一點這方面的事。」

「哦！是這樣子。」東野並未感到訝異。「小說方面杜思妥也夫斯基不也寫過？」

「那種二重身，在正常狀態下是不是就不會產生呢？」

「似乎也不是這樣。根據文獻報告，岩手縣某小學的女老師雖然沒有這些自覺症狀，仍然有二重身的現象。聽說她因此三次被學校免職。」

「這是什麼時候的事？」

「大正時代。奇怪的是看到二重身的不是她本身，是她教的女學生們。她在裁縫室上課時，全班學生都親眼看到和她一模一樣的女人站在教室外面的花圃裡。」

「是真的嗎？」

勝呂感到膝蓋微微打顫。覺得恐怖的同時，有股無可言喻的不舒服感湧上心頭。

「她是不是雙胞胎？有沒有和犯罪扯上關係？」

「這倒沒有。」東野搖搖頭，「這是不可思議的地方。學者之間眾說紛紜，但都缺乏強有力的證據。」

毫不知情的東野用他的大手拿起倒了威士忌的杯子，送到嘴邊。

「這個女老師的事，對勝呂的小說有用嗎？」

「是的，好像用得上。」

「聽說二重身的一個特徵是大多發生在傍晚。」

「那麼，症狀是患者的幻影嗎？」

勝呂心裡希望東野回答是。對混沌的人心深處所作清晰說明的這位學者，總有不能盡信之處，但是這時，他希望從東野口中聽到「是，是幻影」，而且想緊抓住它。然而，東野天真地搖搖頭：

「你會把它想成幻影吧。像剛才說的岩手縣的女教師那樣，並不是當事者本身的幻影所能解釋得了的。」

勝呂回到寫作坊趴在書齋的桌上，回想東野說的每一句話。所得的結論是：他從演講台上看到的或許也是幻影，如果不是幻影的話，那是假冒他的人所做的惡作劇吧！總之，一定是兩者之一。如果是幻影的話，可能是年紀大引起的輕微憂鬱症吧！以往做完工作之後，身體情況一定不行的勝呂，勉強這麼解釋。可是瞭解到這樣的自己反而感受到無法忍受的憂鬱。

勝呂聽到電話鈴響，身體抽動了一下，聽了一陣子鈴聲之後，才決定到客廳。

「實在很抱歉，在您休息的時候打擾您。」

是很客氣道歉的女人聲音，從聽筒中傳來多人的嘈雜聲。

「你是哪一位？」

「我是成瀨。剛剛聽了您的演講。中途似乎身體不舒服……」她似乎在尋找怎麼把話接下去。「很抱歉打電話打擾您。」

「哪裡，哪裡，我才不好意思呢。」

他不想錯過見夫人的機會。

「您在哪裡呢？」

「在原宿火車站。我在醫院裡看護的小孩心臟準備動手術，今天要檢查。我要是不去的話他會害怕……只要我在他旁邊他就乖乖的。」

勝呂想起那封信，感到不可解。現在擔心小孩動手術的這個女人，另一瞬間變成殘酷的女人……小說家的他心動了，非要探察那祕密、黑暗的部分不可。

「我現在馬上去原宿可以嗎？想跟您談談上次信的內容。」

「三十分鐘後就開始檢查。我已經跟阿茂約好一定去。」

夫人很著急，腦中似乎只有阿茂那孩子。

「我看過你那部片子！」

在澡堂裡，小針聽著女服務生開熱水水大量流出的聲音，突然說出剛才在新宿的內巷和糸井素子喝酒時就想問了，好不容易等到現在才開口。借酒壯膽，小針進入這家旅館時，素子也好像已約好似地，毫不抗拒跟在後面進來。

油漆已剝落的桌上，放著熱水瓶和盛著用紙包著的銅鑼燒，紙上寫著「二人同吃的銅鑼滋味如何」的戲語。看得到紙拉門開著的隔壁房間紅色棉被的一角。

「我在沙特爾．魯鳩看過妳的片子。」

還以為素子會臉色大變，哪知她只回答：

「哦！是嘛！」

懶洋洋地把香菸往煙灰缸壓，小針心想這個女的怎麼這麼鈍，是不是說得還不夠明白。

「勝呂先生也在那次舞會嗎？」

「在呢，還是不在，我記不清楚了。」

「那麼，那個女的呢？」

「哪個女的？」

「我問過勝呂先生，」小針故意迷糊，「名字叫什麼呢？看來氣質很好，眼睛大大的。」

「啊！那是愛奴夫人。」

「對！對！就是愛奴夫人，為什麼叫愛奴呢？」

「大家都這麼叫嘛！」素子回答得很乾脆。「要是她一定會來，因為她是我的『另一半』呢。」

「她是你的『另一半』，那麼妳們是同性戀！」

素子兩手捧著茶碗，慢慢地喝淡茶。

「是吧！」

「你不懂的！」她同情似地說。「蕾絲邊或同志，不能那麼幼稚地區分呀！」

「影片中你享受著頭髮被滴蠟油、脖子被掐著的快感，那個女的也一樣嗎？」

「她並不討厭這些。不過剛開始時不是這樣，是我慢慢教她的，後來她也感興趣了，就告訴我一些事情。」

「說些什麼呢？」

喝完茶的素子，眼睛瞇得像深度近視眼的女人，一直注視著小針。在昏暗的日光燈下，那平淡無奇的臉上卻散發出一種近乎癡呆的妖豔，刺激小針的情慾。

「你聽說過匈牙利巴特莉女貴族的故事？」

「不知道！」

「愛奴夫人知道得詳細。她看得懂英文、法文。那位夫人是十六世紀的人，丈夫去世後，在自己的城內和在維也納的家中殘殺了轄內的少女，聽說超過六百人呢！」

「現在怎麼突然跟我說這些呢？」

「因為我和她正模仿著伯爵夫人呢。我被綁，她扮伯爵夫人。」素子的眼睛瞇得更細，似乎回味著那時的快樂。「我們玩著、玩著，竟然認真起來了。她到歐洲觀光時，還去維威探訪伯爵夫人館的遺跡呢，找到後發現那兒現在已是一家大唱片行，正播放著安迪．威廉斯（Andy Williams）的流行音樂，聚在那兒的年輕客人對伯爵夫人的事根本一無所知。她說那時她只感到一種無可言喻的怒氣……。」

「為什麼生氣呢？」小針現出訝異的臉色。「生氣才奇怪呢。」

「是這樣的，三百年前在這裡聽得到少女們被殘殺的哀叫聲，現在竟播放流行音樂，大家不都太鈍感了嗎？愛奴夫人說這就是偽善。在人心深處不聞不問，故意欺騙的偽善。」

「歪理！」小針把銅鑼燒放入口中，「真的是太偏激了！」

「你什麼都不懂。」

「承妳指教了！」

「愛奴夫人經常說人心有岩漿。你知道岩漿吧？」

「別看不起人，是地球中的火吧！」

「是的，岩漿不是從外面看不見，但是會突然爆發嗎？不管是誰，出生時，岩漿就隱藏在心裡。無論是多麼小的小孩都有的。」

「妳到底想說些什麼呢？」

「即使是小孩，折斷蜻蜓的翅膀或腳時會覺得快樂，現在就連小學生也會接近無抵抗力的同伴，虐待他。因為……快樂呀！這是因為小孩心中也有岩漿的緣故。」素子邊喝茶邊說下去。「這岩漿要是出現在性的方面，就會變成虐待狂或被虐待狂……不過，怎麼區分虐待狂或被虐待狂並非問題。愛奴夫人和我形成兩道漩渦碰在一起，激起高高的水花，發出像大鼓的聲音，二人被吸往很深很深的底。深到簡直沒底。我真不知有多少次想死，在那種酩酊狀態我真的想死。」

小針注視著嘴微張開，令人有點心寒的素子的臉。就是這張臉！在錄影帶中，頭髮沾滿蠟油，舌頭像芋蟲蠕動的那張臉。已經發瘋了，這個女的！

「那時候什麼理性都沒用，想壓抑又壓抑不了。」

「不要說了！」

小針猛搖似乎已開始狂亂的素子的肩膀。她像金魚一樣地張開嘴巴。

「你根本不會懂，無法瞭解。兩道波浪碰撞時激起的水花……」

小針忍不住朝素子的臉打了一巴掌。「啪！」清脆的聲音在屋中響起，膝蓋碰到茶杯，倒了的茶在桌上蜿蜒。

「打呀！打呀！」素子像發燒過度似地大聲吼叫。「再打呀！」

「不要再叫了！妳不停止嗎？」

小針又打了一下。手感到麻痺時，從未體會過的強烈快感流竄全身。抓住素子的肩膀猛搖，她像不會抵抗的娃娃任人擺布，向後倒下，脫下褲襪露出兩條大腿，又短又粗。

「好吧！這麼喜歡挨打我就打個痛快。」

「拜託啦！」

「有必要妳打得轉性。」他大叫。「打成正常人。」

6

飛機朝著宛如灑下滿天銀針似的發光的海面，緩緩迴旋，準備降落。

妻的臉朝向丈夫，問：

「我們已經有幾年沒一起旅行了？」

「是呀！寫《基督傳》時，帶妳到耶路撒冷，一直到現在。」

空中小姐在通道上開始檢查座位的安全帶時，看得到灣內的島嶼和漁船。不久身體感到輕微的碰撞，機場的風景向左右迅速後退。

勝呂邊解開安全帶，有點得意地對妻說明。

「從諫早到小浜，然後再到口之津和加津佐。」

在機場叫的計程車，不久沿著耀眼的大村灣跑。對面朦朧的山脈和走過的每一條街景都還有印象。心裡想問：「你們是否依然無恙？」二十年前，他多次在這條街道上，思考著長篇小說的意象，構思它的結構。那時他還是四十幾歲的中年人，憑著一股小說家的熱情，他目不斜視、意氣風發地走在這條街上。他注視著被街道旁矮屋簷的舊房子與楠木長得茂盛的石垣夾在中間的前方道路，那時自己宛如被神鬼附體的樣子，又浮現腦海中。

「已經二十年了！」他輕聲地對妻說。「這條路和房子還是老樣子。」

「還是自然好，永遠都一樣。」妻點點頭說。

「是呀！是我們自己年紀大了。變了！」

口中說出「變了！」時，他察覺到話中包含未意識到的不同意義。

他沒告訴妻，演講時和自己一模一樣的男子混在聽眾當中的事。當然，身體不舒服和跟成瀨夫人吃飯的事也沒說。那些事沒必要對妻說，也不能說。自從結婚之後，對可能破壞二人世界擁有和諧的事，盡可能保持沉默，那種心情有點像父親絕不跟女兒談性事一樣。

春天來臨之前到長崎的旅行，與其說是事先講好的，其實是內心恐懼造成的。今年入冬以來，接連發生的幾件事，使勝呂越來越不安。為了逃離現狀，想和妻二人在安靜的地方度過幾天時光。

雖說是冬天，不過天氣很暖和，一過諫早，遠遠看到晴空中的雲仙好像雲朵。

「這就是雲仙！」他指著攤開在膝上的地圖體貼地對妻說明。「三百年前，天主教徒被趕入那火山的滾水裡！」

「現在這地方還在嗎？」

「取了名字，叫地獄谷。常有觀光客和見學旅行的學生擠得滿滿的。」

感到溫暖的幸福感從體內升上來、擴散。已接近人生終點的夫婦兩人享受著三天二夜的旅行。這和蜜月旅行不同，其中包含唯有經過長期共同患難的人才能瞭解的深厚的連帶感和信賴感，勝呂對於娶這女人為人生伴侶，再次感到滿足。

環繞雲仙山麓後，來到叫小浜的溫泉街。眼下是廣闊的海灣，小浜街瀰漫著白色的水蒸氣。

「從前天主教徒們從這裡徒步登上山，然後被帶到地獄谷。」

「當時是寂寞荒涼的小村呢！」

從小浜開始，車子走在沿海的小路上。勝呂第一次來這裡是二十年前，尚未鋪設柏油，對面有車來了就會揚起漫天的塵埃，他搭的計程車很有耐心地把車停在路旁讓對方先過。

「那是談合島，對面看來像趴著的是天草。」

「那是天草？」

「是的。這個峽灣是三百年前，葡萄牙和西班牙的天主教傳教士花了兩年時間才找到的地方。現在的風景跟當時他們看到的風景完全一樣。」

勝呂談著談著感到二十年前自己的那股拚勁似乎又來了。以前在這些地方漫步，一點一滴凝聚而成的構想和意象，現在彷彿又出現了。

夫婦下了計程車，去看在沿海的防風林中被發現的天主教徒的墳墓。在那幾近灰色石塊的墓碑上，只能模糊地看出十字和像拉丁語的文字。

「加津佐是日本最初擁有印刷機的地方。有名的天正少年使節們為了謁見羅馬教宗遠赴歐洲，回程在諾亞買了印刷機回國。就在這裡印刷宗教書和日本古典作品。」

妻子對內容並沒有太大的興趣，不過因為丈夫很認真地說明，就靜靜地聽著。

「當時在加津佐和隔壁的口之津及有家，都有學校，學生們除了學拉丁語和葡萄牙語之外，還要學風琴、口琴、繪畫等，任何書本對日本的歷史都隻字未提；然而這裡是日本最早瞭解西洋的地方。」

勝呂還記得離這裡不遠處有漂亮的海濱。二十年前，走累了他就躺在琥珀色的海濱，眺望著由遠而近的波浪，睡著了。那時還是壯年，有體力。

在口之津的公路飯店（drive inn）吃過飯後，夫婦把計程車司機留在小街，兩人走到海濱。

「我以前在這裡看海，看著看著就睡著了。」

「水好透明，看得到海草蠕動呢！」

「那裡有像海角的東西突出來，看到了嗎？那就是島原之亂的原城。三萬名男女在那裡被殺了。」

口中說出「被殺」時，「痛苦」湧上心頭。和妻的旅行是為了活下去，而不是想沉淪到黑暗中的旅行，是為了逃避成瀨夫人和糸井素子的世界而旅行。

「還有這麼漂亮的貝殼啊！」

妻為了把在波浪邊撿拾的貝殼給他看，走近躺在沙灘上的他。她白色掌中的淺紅色捲貝有如裝飾品。

「有趣嗎？」

「當然啦！好久沒有這樣的旅行了。我也想過帶兒子和媳婦一起旅行。」

「注視著海，覺得我們也好不容易活過來了！歷經過戰爭，還有艱苦的戰後，總算活到現在。……」

「彌撒時，我經常感謝。覺得連死的時候也要感謝神。」

無論發生什麼事，勝呂都不想讓這樣的妻子看到那個世界：髮上滴著蠟油，嘴微張的糸井素子口中像芋蟲蠕動的舌頭，幾個男人的手捏著脖子……放火燒農家、小孩和女人發出哀叫，離這裡不遠的原城之岬、包括小孩在內三萬男女被殘殺了……。

「妳也不錯呀？」勝呂歎息。「令人羨慕。」

「怎麼說呢？」

「不像寫小說的我那樣……必須無所不看……」

妻在身旁就有安全感。心情跟躺在母親身旁的孩提時代相似，人為什麼會想從這休憩的地方出去呢？是有想看人的慾望，想完全瞭解人的一切的慾望，想追根究柢的慾望，在三十年以上的小說家生涯中，慾望似乎已變成本能。

波浪平穩有規律地一波一波湧過來，退下去，聽著一道道的波浪聲，現實生活的一幕幕又從記憶中湧上來。訂婚時期，在大和地方散步的秋日。結婚後在駒場第一次買小房子的時候。長期住院期間，每天都來看護的妻。手術後麻醉藥效退去醒來時，映入眼中的她的微笑。在默默無語的丈夫旁邊，妻也沒說什麼。年紀大的她靜靜地聽著波浪聲，心中或許也想著同樣的事。

「明天是星期天，一起上教堂吧？」妻突然說。

「老早就想在你小說舞台的這地方望彌撒！」

「為什麼？」

「唉呀，」她微笑，「對於你的小說我所能做的只有這樣，我根本無法介入你的工作呀！」

這是事實。勝呂從結婚起就跟妻子約法三章。把工作和家庭完全分開。不要過問丈夫的工作。絕不干涉小說的內容。這是勝呂的請求，也是他的體貼。

「這一陣子我都沒去望彌撒。」

勝呂心想不是沒去，而是沒辦法去；不過還是轉過臉很快說出來。

「我知道長崎郊外有一間小小的、很安靜的教堂。我們明天就去。回到飯店後打電話問看看彌撒的時間。」

接著他好像要打斷話題似地，用力拍拍沾在褲子上的砂子站起來。

彌撒時，勝呂夫婦好幾次聽到在陽光照射的教堂外迷糊的雞叫聲。雞是教堂的外籍神父像小鎮上的農家一樣養的。窗子前方有大楠樹，滿是樹瘤子的樹枝向外伸展，枝間看得到發亮的海。幼兒在勝呂夫婦身旁走來走去。曬著太陽的母親，追著抓小孩。女人哄著哭泣的嬰兒。參加彌撒的信徒大半是半漁半農的鎮上居民。

昨夜，在長崎的飯店，勝呂想起幾年前造訪這海邊小鎮的往事，向妻說明。

「那裡的紅磚教堂很不錯。從前是隱匿的天主教徒的村子，聽說現在鎮上一半以上的居民是信徒。還有，在這一帶傳教的是有名的特洛神父。這教堂是大家工作、存錢、燒磚塊，用手蓋起來的。」

妻對這故事聽得津津有味。

「這樣的話，開車需要四十分鐘……」

早上八點，從飯店搭計程車，經過兩個小隧道，看到離這小鎮附近的峽灣時，夫婦兩人覺得地點選對了。在陽光閃爍下的大海，以討人喜愛的溫暖表情迎接他們，就在這時，從背後山丘上紅磚砌成的教堂中傳出中學敲打的鐘聲，許多人像螞蟻成列往教堂的爬坡路上。

下了計程車，加入信徒的行列，一進入教堂的庭院裡，一眼就看到以前來取材時認識的白鬍子外籍傳教士正在向信徒打招呼。他對圍在四周的小孩開玩笑，向主婦們寒暄問暖；有人看到勝呂似乎馬上就認出來，開玩笑地說：

「請坐到正中央的位子，那裡是特別座。」

神父主持這教堂已有四十年歷史，他的眼中泛出微笑，不像勝呂看到人的黑暗面，而是只看到溫暖的大海和枝葉茂盛的楠樹，以及圍繞身旁的頑皮小孩。

彌撒開始，外籍神父和起立的信徒一起唱福音書的一節。這似乎是這個教堂每星期日的習慣，被太陽曬得黑黑的，顴骨突出的男女齊聲複誦神父的話。

「凡勞苦和負重擔的，你們都到我跟前來，我要使你們安息。」

又聽到教堂外面長長的雞叫聲。

「因為我的心溫和……請接納我，這樣靈魂得到安息。」

勝呂和妻也和大家一起唱著〈靈魂得到安息〉。緊接著是勝呂心中所有「神曲」的一節：我在人生的過半……迷失了道路……在黑暗的森林中徘徊……

「溫柔的人是有福的。」

年老的外籍神父的歌聲和雞一樣荒腔走調。迷失了道路……在黑暗的森林中徘徊……

「溫柔的人是有福的！」

夾雜嬰兒的哭泣聲和擤鼻涕聲中，重複地唱著。

「哭泣的人是有福的，他們會得到安慰。」

「哭泣的人是有福的，他們會得到安慰。」

彌撒一結束馬上被小孩子團團圍住，勝呂夫婦因為租車時間的關係，又坐上車子。用手指輕敲車窗的老神父說：

「歡迎再來！」

車子走在討人喜歡亮光柔和的海邊，妻歎了口氣說：

「也有那樣的人生?!」

「是呀！」

迷失了道路……在黑暗的森林中徘徊……回過頭來看，教會的建築物和庭院中的大楠樹逐漸變小。那位神父到底幾歲，或許比六十五歲的自己還年長五、六歲。還可以活幾年呢？神父死了之後，是否埋在大楠樹下，死後也眺望著大海、看頑皮的小孩追逐，聽雞叫呢？那兒看不到絲毫成瀨夫人或糸井素子世界的影子……

雖然只是三天的旅行，勝呂感覺好像已經好久沒在寫作坊了。到達羽田，看到鐵灰色的冬天天空和從工廠的煙囪中排出的黑煙時，意識到自己又被拉回人間汙穢的領域。

寫作坊的桌上堆得高高的郵件，換上家居服，用剪刀把一件件的郵件封口剪開，看到妻的臉上堆著微笑感謝帶她去旅行。

「謝謝！」

「玩得高興嗎？」

「很高興呀！我要趕快寫信告訴兒子哦！」

「以後像這樣一年旅行一次。」

這麼安慰，她的嘴角泛起春陽般的微笑。

把郵件按寄贈雜誌和書籍分開，打開積了幾天的報紙。三天中日本平安無事，第一版和社會版似乎沒有什麼重大新聞。勝呂瀏覽了一下這個月的文藝時評和書評部分。有幾本是別人的贈書，準備寫謝函，於是對妻說：

「把在九州買的印有版畫的明信片拿給我，我想寫謝函。」

妻邊看電視邊剝著柿子皮，從她的肩上看過去，畫面上出現的是播報午後新聞的中年記者四角形的臉。

「在新宿區發現年輕女性自殺的屍體。……公寓的管理人，清水滿夫用鑰匙開門時……」

「這版畫明信片是在飯店買的？」

「不！有一條叫銅座的街道呀，在那裡的藝品店買的……」

「年輕女畫家，名叫糸井素子，是用繩子綁在脖子上，利用桌腳自殺的。在她遺留的寫生簿上留有遺言，目前警方正……」

「要不要吃柿子？」

勝呂站起來走向玄關。成瀨夫人信上所寫的不是假的，也不誇張。
「怎麼了？」
背後傳來妻吃驚的聲音，勝呂才回過神來。對眼睛睜得大大的看著自己的妻，作出沒事的表情。在楠樹枝間發光的海——妻只要瞭解那世界就夠了。
「還是去買信封好了，」勝呂撒了謊。「明信片不太禮貌。」
走出公寓，進入公共電話亭，撥號碼。雖然不知道夫人在不在醫院，還是忍不住要打電話，撥了小兒科護理站後，回答成瀨夫人今天沒來。
「不過明天早上會來，因為她照顧的小孩患者明天要動手術。」
聲音聽來像是高中生的年輕護士親切地告訴他。

第二天十一點左右，勝呂在手術室的那一樓走出電梯，看到靠牆壁旁邊的椅子上有兩個女的像是年老的修女緊挨著坐一起。一個是接受手術的少年的母親，另一個是滿臉倦容，像變了另一個人似的成瀨夫人。
「還麻煩您到這地方來……」
夫人看到勝呂就走過來。
「手術已經開始了嗎？」

「大約三小時之前就開始了。是慶應的心臟外科醫生執刀的，我想大概不會有問題；不過太安靜了，反而讓人感到不安……」

「是很困難的手術嗎？」

「是的，那個孩子心臟附近的血管長了瘤。那部位的手術危險性很高，而且不知痛得多厲害……」

夫人閉上眼睛。一閉上眼睛，勝呂以前沒發現到的老態明顯顯現出來。他有如第一次知道她的年齡。

「我也動過大手術，手術中自己什麼也不知道。六小時的手術，感覺像睡了五分鐘。」

「心裡一直想打了麻醉針應該不會痛……可是一想到手術刀插入他的小身體，把胸腔切開流血的樣子就……」

她似乎疲憊不堪，又閉上眼睛。她的嘴唇像彌撒時的修女，微微動著。

「您在祈禱嗎？」勝呂吃驚地問。

「是的，我沒辦法不祈禱。我是不是很笨？他又不是我的孩子。」

然後，她突然想起什麼似地。

「咦？您怎麼知道我今天在這裡呢？」

「昨天我打電話到護理站問到的。」

「哦……」

勝呂把衝到嘴邊的糸井素子已死的事，給硬吞下去。現在，眼前的這位夫人不是在中國料理店和他說話的女人，而是當義工照顧孩子，對一個身體孱弱的小孩付出母愛的另一個女人。

孩子的母親坐在二人身旁，一句話也沒說。整個注意力全部集中在手術室裡，勝呂並未引起她的注意。只有手術室的紅燈「活」著，走廊被寂靜包圍。

少年的母親和夫人都閉上眼睛。夫人的嘴唇不停地動著，祈禱些什麼當然聽不清楚。小孩和母親同時被燒死在封閉的小屋裡，這件事刺激著他們夫婦的生活。然而，現在她是對誰祈禱呢？勝呂覺得一陣暈眩，繼續看著她的臉。

「我回去了。」

他輕輕地從椅子上站起來，夫人張開眼睛，只微微點頭。

或許是煙霧的關係，還沒到黃昏天色已暗。這樣的夜晚連歌舞伎町的裡巷都感到陰森且寂寞，只聽到不知哪裡傳來賣烤芋頭的叫賣聲。看得到霓虹燈的光暈，連蓋在膝上的毛毯都帶有濕氣。石黑比奈低下頭，改變了女西裝褲保加龍的位置。這時，有人站到前面來。

「鉛筆畫呢？還是水彩？」

石黑比奈注視著客人雨衣的衣襬和穿舊的鞋尖，以疲憊的聲音問。

「勝呂先生也是在這裡畫嗎？」

抬起頭來一看是上次被趕出宴會場時遇到的記者，手插在口袋裡有點輕視地往下看。

「那又怎麼樣？」

「不要這麼兇嘛！又不是採訪新聞，不用擔心！」

「不畫的話就不要站在前面，我現在在工作。」

「沒辦法，那就請妳畫鉛筆畫。」

比奈默默地在畫紙上移動鉛筆，小針往下看她。

「先不要生氣，聽我說。妳在新宿遇到勝呂的事我現在相信了，打從心裡相信。」

「不要亂動，這樣不好畫。」

「那時聽了你的話之後，我對他展開調查，很多事現在都清楚了。」

「那跟我無關呀！」

「好！那麼請你回答我兩個問題，自殺的糸井素子和勝呂是什麼關係。還有一位中年女性和糸井素子的關係很親密吧！那個人和勝呂是否彼此認識呢？」

拿著鉛筆的手停下來了。只有他不斷問問題，但比奈頑固地繼續保持沉默。

小針無計可施，瞄了一眼畫到一半的自己的肖像畫，很無趣的表情：

「太過分了！」

「怎麼了？」

「故意把我畫得這麼難看，我沒這麼醜呀！」

石黑比奈看到小針氣得脹得鼓鼓的臉，笑了出來。

「只想畫外形的畫，請到別的街頭畫家那兒去吧！我們認為畫出那個人的本質才是肖像畫。」

「自己是沒法瞭解自己真正的臉。因為大家都以為矯飾、裝模作樣、戴著社會面具的是自己的臉。」

「這就是我的本質？」

她拿開蓋在膝上的毛毯站起來，保加龍從毛毯和膝蓋之間滑下去。

「可是這還是太過分。我想起來了，妳們畫展上展出的勝呂肖像畫，我倒覺得很傳神。他的臉上有一種下賤的汙濁的東西吧！表現得非常好。」

「你到過我們的畫展會場？」

這時比奈嚴肅的表情才鬆懈下來。

「是呀！那天妳不在……」

小針點點頭。

「那時，我親眼看到勝呂和一位中年女性在畫廊前面的咖啡廳裡聊天。就是她呀！和糸井素子有親密關係的……可是素子已經死了哪！」

「你怎麼知道這種事？」

「素子死的事？報上不是登了嗎？」

「素子照自己的意思死了，是幸福的。不過你怎麼知道愛奴夫人的事？」

小針心想還是坦白把一切說出來的好。聽完話後石黑比奈面帶疑惑。

「為什麼討厭勝呂呢？」

「為什麼呢，我也不清楚。」小針多少帶著開玩笑的語氣，「第一我從勝呂身上看到了日本文化人好色的縮影。現在的文化人總是有些不能相信的地方吧，這樣的文化人不管他嘴裡講得多麼偉大、有意義的話——總令人懷疑這個人是不是假的？我不喜歡勝呂或許就是因為這個緣故。」

「只要是人，無論是誰不都是這樣嗎？還有你自己也是這樣的人。」比奈嘲笑似地，「你是從勝呂身上看到自己的樣子，而憎恨他的哦！」

「妳好厲害！」小針苦笑，「我或許是這樣子。但是我和那傢伙是不一樣的，我是個窮記者，那傢伙擁有許多讀者，事事如意，也是受人尊敬的名作家，裝模作樣說些冠冕堂皇的話……」

「你也有點嫉妒吧！」

「那當然。可是那個男人和其他作家不同，是天主教徒。事實上，我也知道有的人是看了他的書之後受洗成為教徒，那個男人寫得這麼好。」

「因此……」

「所以，要是那個男人是生活在和他自己所寫的、所說的表裡不一致的世界，那麼使真相大白，將之公諸社會是記者的義務呀！」

「你是正義的使者呢?!不管自己的事，專門評判別人，就是最近記者所謂的正義？」

小針不理會她的諷刺。

「總之，在那畫展上有一幅大畫題目是〈醜的世界〉吧？畫著裸體的男女和很多蛇、螳螂、癩蝦蟆在一起……我對那幅畫印象很深。」

「真的……那是我的作品。」

她露出高興的臉，那種意外高興的表情，就像小女孩般天真無邪。

「那就是醜的美學，你知道嗎？我們主張醜的美學。正統派的畫家把這世界區分為美與醜，劃分出可以成為繪畫素材的，跟不能成為素材的醜東西；但是我們認為無論再醜的東西裡也含有美；找出美的部分這才是繪畫，知道嗎？」

「不過，這不是勝呂在新宿跟你們說的話嗎？總之，勝呂的肖像畫，再怎麼看都找不出美。她把那個男人雙重人格的內在面表現得淋漓盡致。」

「那幅？那不是我的作品，是素子畫的。」

比奈的聲音變得尖銳。小針還沒察覺到。

「那是完全患了分裂症的臉。曾在哪裡看過的報導，說分裂症的臉左右眼的位置、形狀都有微妙的不同。那傢伙身上有著不同的人格，他本人或許還不覺得。還記得電視上曾演過這種題材的連續劇，妳知道嗎？」

「不知道！」對於醜的美學得不到應有的理解，比奈有點不耐煩地對小針的肖像畫作了最後的修正，「你的臉也不能說不下賤呀！」

「連續劇中，有一個氣質很好的女性接受神經科醫生的診斷，症狀是頭痛和身體異常，連續問診幾天後，有一天，醫生眼前的患者竟毫無預兆地變成另一個女人，當然臉和形態仍是老樣子。但是個性溫和、氣質高雅的這位女性突然變得輕佻、淫蕩，大聲笑，跟剛才判若兩人。醫生大吃一驚，還好沒多久她好像從夢中醒來，恢復正常，可是完全不記得自己剛剛是什麼樣子。」

比奈開始感到好奇，注意聽小針說的話。

「後來呢？」

「那個女人身上還有另一個女人。完全不同人格的女人。所謂分裂症就是這樣子。」

「我瞭解。我……很能瞭解那女人。」

「一起去喝酒怎麼樣？」

「到哪裡？」

「黃金街。」

「還想問什麼呢？我已經沒有可以告訴你的了，我要回家了。」

「為什麼？」

「我不太喜歡記者。」

「這是什麼話？」

小針盤算著這個女人已經沒有什麼「祕密」了。

「請付兩千日圓。」

他咋舌，遞給兩千日圓，把畫紙捲成圓形放入口袋裡走開了。

在黃金街的飲食店裡，小針把檸檬浮在上面的燒酒杯放到身前，咀嚼比奈的話。這些內容已足夠寫一篇文章了。他想起把日本首相從寶座拉下台的採訪記者；而自己這次埋設的炸彈，威力雖然沒那麼大，但已足夠讓文壇和讀者大吃一驚。這是讓大眾傳播界知道小針這名字的好方法，以後，工作機會就會接踵而來，也付得起和那個女人的分手費吧！幻想一個接一個浮上來，酒醉的小針是幸福的。

帶著這幸福感，小針叫了輛計程車，剛說要到中野，馬上又更改。

「不，到代代木好了！」

心想勝呂不可能到現在還會去的飯店，或許從飯店的員工中可以找出有關宴會的一些線索。

「像這樣的霧倒是少有呀！」

裡，躲在哪兒，連輕微的聲響都沒有。霧從坡頂向兩側的住家包圍，連電線桿和他的衣服都濕了，感到很不舒服。小針以為那個男人在這附近突然消失了蹤影，或許是自己看錯了而覺得不安。宛如撥開濃霧似地，他走下斜坡路，在時而濃密、時而稀疏的乳白色霧河中，他注意每一戶住家的門，和電線桿的後面。

這時，背後響起拖曳的聲音，似乎是嘲笑小針的狼狽狀。回過頭一看，他看到上坡半路上有影子面向著他。男人發出笑聲，陰森森的聲音！那聲音又變成像長長的啜泣聲；男人拖著一隻腳開始上坡，在霧中消失了。

電話鈴響。執拗地響著，毫不間斷。

打開門進入寫作坊，聽到電話鈴聲的瞬間，勝呂身體都僵硬了。在煙深霧濃的夜晚，從外頭回來，他的上衣都沾濕了，但是他無意擦拭乾淨。

光聽到電話鈴音就知道是誰打來的。拿起聽筒，對方仍然沉默，勝呂知道對方絕不會出聲的。

電話鈴響。執拗地響著，毫不間斷。

這時不知何故，勝呂腦中突然浮上最近重讀的李爾王的台詞。

請不要捉弄我
我不過是愚蠢的、愚蠢的男人罷了
已過了人生的巔峰，已經沒有價值！

他向電話的對方說「請不要捉弄我」。鈴聲停止了。

勝呂的呼吸有點困難，把濕了的上衣脫下，渾身倦怠。已經說了今天要睡在這兒，所以不必回到郊外的家，因此他在沙發上坐下，好像要推測自己深深的倦意似地閉上眼睛。他明白今年冬初，從受獎的晚上起，自己老得很快。他真正感覺到年老和死亡逐漸接近。

實在太疲倦了，把手放在額頭上，好燙呀！在霧中漫步對曾動過肺部手術的身體或許不太好，但是，他怕睡到床鋪上，於是往沙發躺下，睡著了。

他作了夢。

夢中，一人獨行。為什麼，在這樣的夜晚，特別到霧中來，他不知是何理由。卻讓他回憶起留學里昂的冬天，同樣在霧中漫步的情景。好幾次看戲或看電影回來，心情還很興奮，於是撥開濃霧漫步回宿舍。但是那時自己還年輕，充滿希望，有披荊斬棘創造人生的氣概；而現在在東京少見的濃霧中亦步亦趨前進，連自己朝哪個方向前進都不知道，想回去又不知該轉向何處？心中充滿不安，不安使他感到呼吸困難。

在這種不安中，聽到後面有腳步聲逼近。自己被跟蹤了。那腳步聲像是把椅子弄出聲響告訴檢查結果的醫生，或是採訪記者小針。一個是每個月給勝呂健康的不安全感，另一個是威脅他精神的敵人；聽那腳步聲，包含著追蹤他到底的執拗與憎恨。

這邊加快腳步，對方的皮鞋聲也隨之加緊。勝呂想起前面有彎道，利用濃霧突然右轉，跑向上坡路，躲在坡路人家的門邊。從坡下傳來慌亂的腳步聲，不久在勝呂躲著的門前停下來，可以感到對方正向自己藏匿處探視。已察覺到勝呂的呼吸聲？或是引誘他的陷阱？對方大吼：

「你患了肝癌。你的身體已不允許你逃向哪裡？你的真面目一定會暴露出來的。」

過了一陣子，可能是死了心，走掉了。

感到一陣惡寒，背部都流汗了。勝呂向著坡路祈禱似地說請不要捉弄我。早就走過人生的大半路程，不希望這樣不明不白地死去，希望在人生中有個了結。

這時，感覺霧開始微妙地發光，那不是因為路旁兩側人家的燈光滲到霧中，而是斜坡的某處有光源，宛如應了勝呂的祈禱似地發光，穿過混濁的霧，以他為焦點照射過來。可以感受到光想捕捉他的訊息，但很奇怪的這訊息中沒有絲毫的惡意和敵意，反而在全身被深深的、柔軟的光包圍的瞬間，五體感到一股無可言喻的舒服，程度遠遠超過他單獨在書齋面向桌子的休憩時刻。已經沒有束縛自己的東西了，不斷壓在心上的痛苦也沒有了。在廣闊的原野中被解放，可以任意呼吸大氣。啊！這就是死亡。死亡就是這樣嗎？勝呂沉浸在大大的喜悅中，對自己長久以來感到可怕的東西，竟然跟想像的完全不同而驚訝。如擁抱自己的光裡沒有任何威嚇和處罰，是柔和的。我的心是柔和的，因此請接受我。那聲音如老神父的聲音，但又像是別人的聲音。

醒過來，已是深夜。夢中看到的光還清晰留在眼簾裡。從沒作過這樣的夢。他從沙發上站起來邊想那到底是什麼呢？沒開暖氣，很冷。進入寢室，也沒換上妻準備好的睡袍，脫掉上衣就鑽入被窩裡。

年紀大就是死亡已接近，因此才做那樣的夢。霧中被人追趕，那是被死亡追逼的不安之表象，可是光呢？或許那就是我的願望吧?!

雖然用毛毯緊緊包裹著身體，感到背部有一股說不出的惡寒。從今年冬天受獎典禮之後，就覺得自己身上可能會有事情發生。有一隻手想摧毀至今建立起來的世界，把自己從那世界拉走。那隻手想把我拋棄到從未想過的，有如惡夢般的世界。要把我帶到髮上沾滿蠟油，半開的口中舌頭蠕動的女人的世界中。

然而，那隻手和那世界究竟要向我顯示些什麼呢？勝呂透過他的小說傳達人生當中沒有一件事是無意義的，要是這種想法正確的話，那麼究竟有何意義，要把他帶到哪裡去呢？有如在霧中徘徊，勝呂現在根本不知何去何從。

感到惡寒，努力閉上眼睛想睡覺。他需要再一次感受到夢中所見的光，與被光包圍的那種幸福感。在半睡半醒的狀態中，他體認到自己長久以來，藉著小說家的知識和看法活過來，但是現在突然發現有些事物無法處理，而且持續擴大，不知道要如何為這別的東西命名……。

醒過來時，感覺有點發燒，嘴巴黏黏的，人很疲倦。連起床的力氣都沒有，忍著頭痛整個早上一直待在床鋪上。

三點左右，玄關的鈴響了。沒去理它，聽到用鑰匙開門的聲音，接著傳來：

「有人在嗎？」

「哦！」忍著頭痛，撐起上半身來，「我在呀。」

「太好了，阿蜜來了呀！」

「阿蜜？」

「以前在這兒幫忙的女孩呀！」

「讓她進來吧！」

他說著，「啪」地一聲又倒在床上，閉上眼睛。感到一陣暈眩。

寢室門稍微打開，聽到阿蜜鼻塞的聲音：

「勝呂先生……」

「我現在渾身無力。昨天晚上在霧中散步，可能因此感冒了。」

「怎麼辦呢？」

少女撿起他散得滿地的衣服和襪子，用一隻手覆在勝呂的額頭。

「發燒耶！打電話給太太吧？」

「不用了，今天在這裡躺上一天就會好的。」

「我，我今天是來還錢的。」

「還錢？」

中學生的蜜身體看來比以前成熟多了，在身旁感到鬱躁。對體力、氣力都衰退的他而言，正在發育的生命對他產生壓迫感。

「在這裡借的錢……」

勝呂想起上次和妻談的事。

「啊！是那個錢，」他忍著因發燒所引起的頭痛，掀開毛毯的一角，「那是妳為了朋友才……」

「話雖這麼說，但還是我不對。」

「不，不用還了。」

「怎麼辦呢？有沒有我可以幫忙的？」

「那麼用毛巾沾點水放在我的頭上好了。」

「還是通知太太好了？」

「不用了。在這麼冷的日子，她的關節會痛，我不想讓她擔心。」

他要阿蜜把濕毛巾放在他的頭上，說我什麼都不想吃你請回去吧，阿蜜不安地望著他，過了一會兒說，我還會再來，就走了。

睡了醒、醒了睡。全身發冷，頭又痛，量了體溫竟然高達攝氏三十九度。

傍晚，考慮要不要叫妻來呢？正猶豫中，電話來了。

「今天要不要回來？」

「不，沒辦法回去，工作還很多。」

「吃飯呢？」

「我們在料理亭對談。」

「那很好，我今天關節痛，有點難過。」

「這是因為天氣冷的關係。好好保重。」

勝呂又對妻撒了謊。就像掩飾夢中的事，就像隱瞞和成瀨夫人談話的事一樣，勝呂把生病的事也隱瞞了。想到以後必須藉隱瞞才能維持夫婦間長久以來的寧靜生活，勝呂覺得到目前為止的人生都是建立在虛偽上。

睡了一會兒。在意識朦朧中聽到打開寢室門的聲音，稍微張開眼睛，阿蜜梨花似的臉映入眼裡。

「對不起！吵醒您了。」

「啊，是妳呀！」

「還很難過嗎？」

那是打從心裡擔心的聲音。

她，就是這樣子的女孩，要是有人稍微難過，她就坐立不安，不知如何是好！雖然有一些缺點，但是勝呂從前就很喜歡這樣的人，也曾經以這樣的人為主角寫過小說。

「稍微好一點了。」

「不能讓太太知道嗎？」

「不行！剛剛電話中才說因為今天天氣冷，關節還痛著呢。」

蜜走到身旁，伸出手放到勝呂頭上。

「還發燒呢！」

藏在廉價毛衣下，鼓起的胸部碰到勝呂的頭。有灰塵的味道。可是他不像下午那樣對這充滿著生命力的身體感到呼吸困難。

「還很燙呀！」

「剛剛睡了一會兒，稍微舒服了。」

「我再去沾一下冷水。」

她撿起掉落在枕邊的毛巾，到洗手台去。蜜冷冷的手指碰觸臉上，他覺得很舒服。勝呂沒有女兒，心想要是有女兒也會像這樣子看護自己？蜜跟妻不同，笨手笨腳的，但是態度很誠懇、很認真。

蜜服侍他躺下後，就在廚房裡喀哧喀哧地做東西，不久，用盤子送來一鍋粥和飯碗、梅乾。

「請吃吧！」

「妳做的？」

「是呀！我在朋友父親住院的醫院裡學的。」

「向誰學的？」

「向看護的歐巴桑學的。還煮得不好。」

雖然將近一整天沒吃東西，沒有食慾，但他不想傷害蜜的自尊，於是從床鋪上坐起來。含在嘴裡的茶和流過喉嚨的粥的味道都不好，但有一種少女認真的味道。

「謝謝！不！Happiru！」

他勉強吃了之後，特別用她教的中學生流行語道謝。

「真的？」

蜜把勝呂的客套當真，開心地齜牙一笑。

「看來妳在醫院裡學了不少東西。經常去嗎？」

「只是偶爾和朋友一起去。」

「那家醫院裡有一位義工叫成瀨太太，你認識嗎？」

「不認識。」蜜搖搖頭。「什麼是義工？」

「是幫助病人的人。我太太也在學。不是專門的護士。」

「那個人也是？」

「成瀨太太也是。在那家醫院當義工，照顧生病的小孩。」

「那個人我見過。是一位漂亮的中年婦人吧？」

「是的。」

他又覺得頭痛，閉上眼睛。蜜把盤子拿到廚房去。之後，長夜降臨，他擦了汗後睡覺，不久也因流汗而醒過來。半夜想去拿乾淨的睡袍，於是下了床，腳卻有點不穩；不過燒好像退了些。用毛巾擦拭身體，換上乾淨的睡袍，不經意地打開客廳的電燈。

「怎麼了，妳沒回去啊！」

蜜抬起頭看他，齜牙一笑。那表情混合著少女向大人的撒嬌與女人引誘男人的媚態。勝呂有點害怕，害怕使他自制。

「毛毯在壁櫥裡。你知道枕頭也在那裡的。」

蜜沒有回答，勝呂回到自己的床鋪。把冰冷的雙腳像蒼蠅般摩擦著，不久又進入夢鄉。夢中，蜜的臉頰貼著自己醜陋的臉頰摩擦著。好像這樣可以使自己短暫的人生延長一兩年。

醒過來才知道是蜜把濕毛巾放在他頭上。

「妳沒睡呀？」他吃了一驚。

「我想這樣做，您會舒服些。」

「從什麼時候開始就這麼做？」

「沒關係，不要放在心上。」

到窗戶泛白為止，她探望了好幾次。他心想這個少女也和那個老神父一樣，將來會到距離自己很遠的神的國度。

「您來得正好……」

「怎麼了？」

在黃金地段像火柴盒般並列的店裡，東野朝店裡媽媽桑所使的眼色看過去，客人斜靠在貼有寫著「湯豆腐」、「烤魚」等的牆壁上，貪婪地睡著。

「這個人一來就吵著說東野先生會到這裡來吧？我說不知道他今天是否會來。他就是不回去，要在這裡等。」

「這個人我不認識呀！」

東野歪著頭。

「說些顛三倒四的話。說什麼會不會有兩個相同的人。」

聽到說話聲稍微睜開眼睛的小針，背靠在牆壁上大吼。

「什麼顛三倒四？我明明親眼看到另一個勝呂！」

「你這樣會感冒哦！」

東野發出尖銳的聲音，小針說：

「沒問題……。我的身體沒那麼差。」

打了一個大哈欠，接著說：

「你是東野先生吧？」

「是的……」

「上次我在天鵝聽說您常來這裡，所以在這裡等著。」

「有什麼事？」

東野接過女主人遞給他的筷子和小碟子。

「給我開水！」小針也向她要求。「不解醉不行。這位是東野教授哦！有名的心理學家。」

「這個我知道。教授是我們的老顧客。」

一口氣把一杯水喝完，小針好像從爛泥巴中爬出來似地，用力搖了兩、三次頭。

「教授！我可不是胡言亂語唷！」

「我知道。」

「知道？知道什麼？教授您說話也不負責任，和勝呂一樣。」

「勝呂？」

「那個小說家的書你讀過嗎？」

「啊——是指作家勝呂，前陣子我才和他一起演講。」

「您覺得他怎麼樣？是不是雙重人格？」

「雙重人格？」東野苦笑著，「用詞不當；不過怎麼了？」

「教授！一個人可能有兩種不同的人格嗎？」

「當然有。無論是誰，除了交際應酬的臉之外還有真正屬於自己的臉，你也不例外。」

「不！我說的不是這意思；所謂雙重人格指的是擁有兩種極端不同人格的人？像勝呂，表面上以一副慈善面孔寫小說，背地裡卻和女人做著不可告人的事。」

講到這裡，小針一聲不哼地把杯子推到女主人面前，再要一杯水。

「我實地採訪過了。有一天我會把他的假面具剝下來……不過我想請教一下專家你的意見。」

「什麼意見？」東野困惑地說，「把假面具剝下來，你說得太偏激了！」

「他欺騙了許多讀者。寫作的人對社會也應該負責任吧？現在即使總理大臣也有被追究責任下台的時代了。以教授的眼光來看，勝呂的雙重人格該怎麼解釋呢？」

「我不知道勝呂有雙重人格，我並不認為他是屬於特殊的雙重人格。」

「那麼一般的雙重人格是怎麼一回事呢？」

「一般嘛，人，並不像我們所想像的那麼單純，一個人的身上有著好多人的影子；這是我從工作中慢慢體會出來的，也曾經碰過一般人完全無法相信的怪事。」

「無法相信的怪事？」

「那是很久以前的事了：那時我還年輕，有一位患者進入催眠狀態後，突然說起中國話來，他說自己的前世是住在上海的中國商人。」

「亂講！」

「不！是真的。然而，他的中國話聽來像中國話，到底正不正確就不知道了，當事人卻一本正經地侃侃而談自己的前世。」

「那是患者的幻象吧！」

「不能這麼武斷。外國也發生過很多類似的例子，調查之後，發現事實和所說的一樣。」

女主人也停下菜刀的動作，和小針一起聽東野說。

「羅馬有一個家庭主婦，在催眠狀態中說，在現在的瑪利亞教堂有中世紀都市的遺跡，有地下室，而且很詳細地描繪地下室的樣子。經過幾年之後，請注意呀！是幾年之後，在她所說的地方果然發現相同的地下室。」

「我真無法相信呀！」小針坐起來反駁說。「這不過是為了欺騙醫生演的戲罷了。」

「這不是演戲，也不是耍把戲。」東野冷笑著喝了一口酒。「那個醫生的報告附有充分證據。」

「真有那種事呀？」媽媽桑鬆了一口氣，「真令人心裡發毛。」

「教授，一個人可能同時在兩個不同的地方出現嗎？」

小針突然插嘴，提出奇妙的問題。

「這是怎麼回事？沒頭沒腦的問題。」

「一個人可能同時在不同的地方出現嗎？」

「這問題跟勝呂有關嗎？」

「不……不過……怎麼樣呢？」

「這無法絕對否定。例子非常少，但還是有。上一次我還跟一個人談過呢……談到二重身呢，在大正初期岩手縣的一間小學，學生們在同一瞬間分別在兩個地方看到同一位女老師，第一次是十三個學生看到在黑板上寫字的女老師旁邊，有一個長得一模一樣的女性做相同的動作。還有一次她在裁縫室時，室外又有另一個她站在花壇裡……這是學生們看到的。」

「教授！不要再說這種可怕的故事了！」媽媽桑顫抖著身體。「晚上會不敢上廁所呀！」

「雖然有點可怕，但卻是事實唷！」

東野對自己的話所引起的震撼似乎感到很愉快，看著兩個人害怕的表情又喝了一口酒。

「這到底是怎麼一回事呢？」

「這個嘛，還不太清楚。心靈學方面叫作靈魂出竅；而我們心理學方面，只解釋成是對學生們做了集體催眠，不過也沒有明確的根據。」

「這是不合理的呀……」

「是呀！在我從事這方面的研究中，逐漸體悟到人真是個無法解釋的奇怪動物。存在著都是些矛盾、無法瞭解的深層問題……不管怎麼探討都探討不完……或許你們會認為是怪譚，其實我現在說的都是事實。人的身上什麼事都可能發生，這也是我們學者費了很大的功夫才明白的。」

當晚，小針覺得有點害怕，但是第二天早上醒來後一想，昨晚的事自己似乎是被騙了，心情也隨著舒暢起來。他想東野所說的像怪譚的故事，可能是為了諷刺他和媽媽桑捏造出來的，要不然就是隱藏著什麼圈套，醫生和目擊者都上當了。

工作了一整天後，到原宿的醫院去。他清楚記得從糸井素子身上查出的愛奴夫人在六層樓建築的那家醫院，和看來可能是護理長的護士親切交談的情景，心想或許這是一條線索。午後的醫院空蕩蕩的。

在來賓登記的地方，小針說：

「對不起！名字我忘記了；不過，這裡有一位中年護士吧？大約五十歲左右。」

正在交談的三個女孩停下來，露出警惕的眼神看著他。

「她有點暴牙，就像這樣子。」

他正經地張開嘴，作出暴牙的樣子，女孩都笑出來。

「那是小兒科的主任呀！」

女孩告訴他搭電梯到四樓的小兒科，在那裡的護理站問一下就知道了。

醫院的空氣裡飄散著各種味道。有消毒水的味道、餐廳的飯菜味、患者的體臭；他對這兒的痛苦氣氛不感興趣。

護理站有一位醫生正在寫東西，年輕的護士正在接聽電話。這時他看到一位穿著圍裙的女性，拿著病患的便盆走進穢物處理室。沒錯，就是那個女的，便盆裡裝有黃濁的液體。

一會兒，小針看見她走出來又走入最裡面的病房，小針走進那間病房。

門開著。午後的陽光溜進走廊裡，只聽到她的聲音，見不到影子，病房的名牌上寫著內山茂。

「銅像王子向燕子拜託。」隔著窗簾，聽得到似乎是剛才那個女人聲音。「這條街上住著一位貧窮的母親，靠針織度日。小孩發燒想吃橘子，但是連買橘子的錢也沒有。我取下劍上的寶石，讓妳帶去好嗎？燕子和同伴們本來打算回到溫暖的地方，但是不忍拒絕王子的請求，就啣著劍上的寶石帶到母親那裡去。母親賣掉寶石，治好了小孩的病。」

「後來呢？」是急於知道下文的男孩聲音。

「第二天，燕子向王子辭行，王子請牠在街上再留一晚。街上有位悲慘的青年，想寫劇場的腳本，但是天氣太冷了，他連買柴取暖的錢也沒有，把我的眼睛帶去送給那位不幸的青年，我的眼睛是珍貴的寶石做成的。燕子回答說，我辦不到；王子就說，燕子呀！燕子呀！拜託你了。燕子最後拗不過他就取下王子的眼睛，送到青年的房間去，毫不知情的青年因此有錢買柴，也能寫劇本了。」

在她說童話的聲音當中，偶爾夾雜著小孩發問或催促的撒嬌聲，小針對這兩人的聲音感到索然無趣。

「第二天，王子又請求燕子再留在街上一個晚上。街上有位可憐的賣火柴的女孩，把我剩下的一顆眼睛帶去給她吧！燕子拒絕說，王子呀，這樣的話，你不是什麼都看不見了嗎？可是王子還是一直拜託。燕子沒辦法，只得把剩下的一個眼睛啣去給賣火柴的少女，少女因此不用在寒天裡站在街道上叫賣。」

「後來那隻燕子怎麼了？」

「朋友們都回去溫暖的國度，只有那隻燕子留下來。因為牠無法拋下王子。有一天晚上下大雪，雪中，燕子拍打翅膀和寒冷對抗，覺得自己的身體已經不行了，燕子費了好大的力氣，總算爬到王子肩上，說：王子，再見了！王子，再見了……」

之後，停了一下子，女人教小孩祈禱。

「阿茂，跟著我說，神啊！請讓我成為好孩子！」

「神啊！請讓我成為好孩子！」

「神啊！請對和我一樣的小孩子們溫柔，我也會對大家溫柔。」

「神啊！請對和我一樣的小孩子們溫柔，我也會對大家溫柔。」

「神啊！今夜請讓我有一個甜美的夢。」

7

妻專心拉三味線練習唱「長唄」（註：配合三味線唱的詞句長而高雅的歌），連丈夫走入房間都不知道。勝呂心想，夫婦間總算能夠有些閒情逸致，可以做些自己感興趣的事。

「這是什麼歌？」

「橫笛。」

妻很少回答得這麼簡短。「香薰里人之袖兮，梅津之春風吹。」又從頭唱起。

他沒有談語的對象。從房間的窗戶望出庭院，雖已是三月，樹上新芽猶稀。

「今年的冬天……好長啊！」

他感慨地自言自語，不是故意說給妻聽的。碰巧傳入停下三味線、正在繫絃的她的耳中，回答道：

「是年齡的關係吧！以後每年的冬天都會很長呀！」

「大概是吧！今天不出門嗎？」

「昨天參加了義工的研習會，今天就不出去了。對了！昨天我第一次和成瀨交談。」

三味線的紘又發出了尖銳的聲音。勝呂吃了一驚，問道：

「談些什麼？」

他沒跟妻提過在咖啡廳見面和請她吃飯的事。

「她告訴我好多有關義工方面的事。」

勝呂點點頭，鬆了一口氣，妻又說：

「成瀨在小兒科病房照顧的小孩，聽說手術成功了。她好高興哦！她似乎每天都在看顧小孩。」

對糸井素子的死，夫人當然知道。她是怎樣的心情呢？自從那次之後就一直沒消息，大概是忙著照顧阿茂吧！可是儘管如此，也平靜得太離譜。勝呂對不知何時開始產生期待和她見面的心情有點吃驚。

倫瞄了一下又彈起三味線的妻，是小說家的習性使然，他馬上分析自己為什麼會有那種心情產生。原因很簡單：因為他從未遇過，作品中也未曾描寫過那樣的女性，這種身上存在著矛盾的女性；既令人感到冷酷，卻又溫柔得讓人以為是看錯人。他從未碰過那樣的女性，而拿妻和她相比較——他覺得這是對妻的冒瀆，趕緊打消這念頭——在那一瞬間，他對能幹的妻心情感到沉重。

「啊，對了！阿蜜……」

他怕被妻察覺到，於是在妻背後想說森田蜜的事。可是精神完全集中在三味線上的妻，好像沒聽見，繼續撥弄琴絃。

（不要再見成瀨夫人，不應該再見了。）

勝呂在書齋的桌上托著腮，對自己說。他也知道這只是說說而已，內心裡卻悄悄地等待夫人的訊息……

一個小包寄來了。用褐色紙包紮得很整齊的小包上，沒寫寄件人姓名，打開一看，是一本書，那一瞬間，他知道是夫人寄來的，裡面夾著一封信。

「這是我愛讀的一本書。因為現在已經買不到了，所以從我的藏書中拿來送給您，很抱歉。下星期三六點，您可以到表參道一家叫『重良』的店來嗎？上一次讓您破費了，希望這次讓我表示一下謝意。要是您不方便的話，請回信寄到左邊的地址。我要是沒收到您的回信，就表示您接受了我的邀約。那是有點怪的店，但請您務必光臨！」

勝呂好像第一次收到女孩來信的高中生，看了又看。隨著認識的日子增加，要避開她的心理，和對從未遇過這種女子的好奇心在他心中交戰著。可是，當他打開這封信的瞬間，他知道是好奇心戰勝了。

那是中世紀殘殺幼兒的吉爾・德・雷斯（註：Gilles De Rais，一四〇四～一四四〇，法國元帥）軍人的傳記。隨意翻翻，到處都有用紅色鉛筆畫的小圈圈記號。看到那紅色記號，眼前又浮現出夫人閱讀、思考的側影，彷彿連聲音都聽得到。或許夫人擔心自己想說的事無法明確地傳達給勝呂，才把這本畫有紅色圈圈記號的書寄過來。在圓圈圈上有和信上的字一樣很漂亮的讀後感。宛如，她對讀到這裡的勝呂大膽地訴說著……。

「激情是如何產生的呢？激情為何會產生如許的快感呢？我覺得激情背後隱藏著道德壓抑不了、無法說明的強大力量，我是在這種心情下讀完這本書……」

勝呂花了兩天時間看完了。吉爾．德．雷斯是聖女貞德的戰友，書上說明：想從殘忍的行為中找出和貞德的宗教性恍惚感相同的陶醉，為了達到恍惚的頂點，只有成為聖人或犯罪者。這是吉爾．德．雷斯看到聖女貞德後悟出來的。

「愛倫坡所說的激情和杜思妥也夫斯基的看法是一樣的。激情也會產生襲擊小孩的衝動，波伊努《被追趕的野獸》中，就描寫著小孩以捉住兔子挖牠眼睛取樂的故事。無意間，溫柔的、不喜紛爭的義田神父發現了小孩的殘忍行為，感到很憤怒和絕望，於是追趕孩子們。他抓到跑得慢的一位少女，撕裂她的衣服，打那少女。氣憤之餘，還把她壓著掐住喉嚨，最後，神父被男人最醜惡的慾望屈服，侵犯了少女。」

「愛倫坡的短篇小說〈黑貓〉中也描繪激情的輪廓。他不把那叫作激情，取名為背德之慾望。背德之慾望是無論誰都有的原始衝動之一。〈黑貓〉的主角說：背德之慾望是決定人的屬性所不可欠缺的感情；和自己是同樣的真實。誰都有過明知道不可以做，卻又犯了的背德之行為的經驗。無論具有何等高明的判斷力，只因為它是大家非遵守不可的法律，因而產生想觸犯的慾望，這也是大家都有的，不是嗎？我最後屈服在這背德之慾望。逼迫我的是：因它是過錯，所以產生想犯錯的慾望。」

桌上的時鐘發出規律的滴答聲，檯燈柔和的光線照在彎著背的他和書上。壁上掛著幾幅小畫。其中一幅是上次訪問日本的印度修女瑪麗亞．德蕾莎特別為日本作家勝呂寫的：「主透過您的作品，祝福您。」

勝呂看著那像女學生寫的規矩的筆跡，覺得自己離那祝福已很遠。我是小說家，非探討人心深處不可的小說家。縱使內心深處有無法接受神祝福的因素，但仍然非探討不可的小說家。他的眼前有一本描寫一個人一生故事的書，吉爾．德．雷斯這個人……。

吉爾．德．雷斯建了禮拜神的教會，尊敬神父，另一方面卻把小孩誘入自己的城裡，一個接一個地殺掉。第一個被殺害的是城裡聖歌隊隊員的少年。他擁抱、愛撫這少年，突然他的愛撫變成充滿血腥的激清。

「吉爾的城門前有一個少年乞丐在乞討。吉爾以可憐他沒要到東西的親切藉口，請少年乞丐入城。後來就沒再看到少年乞丐了。還有一個十三歲的少年，被帶入城內當小弟。有一天，他回家告訴母親好消息，他負責打掃男爵的房間，報酬是男爵專用的麵包。他好可愛，竟把麵包帶回家，後來少年又回到城裡；這是最後一次回家。」

要是以前他一定會感到厭惡，然而現在他興趣盎然地讀著，因為從字裡行間，似乎聽得到夫人在訴說：

「激情是如何產生的呢？激情為何會產生如許的快感呢，我覺得激情背後隱藏著道德壓抑不了，無法說明的強大力量……」

星期三傍晚，勝呂推開指定的重良的玻璃門。或許是因為時間還早，只有看來像公司高級幹部的二人，坐在櫃台上喝酒。揮著菜刀的主人說，夫人已吩咐過了，請勝呂到裡面的位子。

過了約定的時間五分鐘後，穿著淺褐色大衣，圍著義大利圍巾的夫人出現了。對角線坐著的兩人喝著女服務生送來的茶，看著菜單，若無其事地閒聊。至於那本書，還有糸井素子的死，隻字未提。這時有四、五個似乎是熟客的男女進來，不知是否認識夫人，對夫人點點頭，看到勝呂在旁，也有人露出意外的眼神。點完菜之後，勝呂說：

「接下來呢？」

「接下來呢？」夫人臉上露出慣有的微笑。這似乎是兩人進入今天正題的開始。

「書和信，」勝呂拿起酒壺倒入她的杯子裡，「都已經收到了。」

「哦！」

夫人好像手腕要接受打針的患者似地閉上眼睛。

「你知道糸井素子死去的事？」

「知道。」
「警察去過妳那兒嗎？」
「沒有。為什麼呢？」
「我想或許會向妳問些話。」
「她是自殺的，還留有遺書呀！」
「嗯！電視上的新聞報導也這麼說。」
四、五個客人和店主人之間，揚起開朗的笑聲，夾雜著女服務生對著廚房說「再溫三壺酒！」的聲音。這裡誰也沒留意勝呂和成瀨夫人的交談。
「您不喝酒嗎？」
「不行，醫生嚴禁我喝酒。你不必特別招呼我，我不會在意的。」
女服務生用水色盤子端來一盤切得薄薄的烏魚子。
「烏魚子是這裡自製的。」夫人說明。「我先生也很喜歡吃。」
「您先生也來過這家店？」
「老闆開這家店之前我們就認識了。」
「您早就知道吧？」他故意想挑起對方的話題。「素子會自殺的事。」
「是的，我知道。」
溫雅地伸出筷子，從水色盤子上夾起一片烏魚子，送入嘴裡。她的神色泰然。

「沒辦法阻止嗎？」

「阻止不了。」

「為什麼？」

笑聲又起。或許有人在角落裡聽著勝呂和夫人之間的交談。他們的談話中交雜著「方便的」、「競技會」等的字眼。

「仍然是激情的力量嗎？」勝呂用好像談論高爾夫的語調說。「還是您說的在半夜跳舞的洋娃娃呢？」

「嗯——」

「可以詳細告訴我嗎？」

「可以呀！」

夫人又伸出筷子。勝呂看夫人用筷子把東西送到嘴邊的動作，很好吃似地慢慢嚼動的嘴唇，他感到一陣暈眩之後，夫人開始說了。

「她經常說希望這樣子死掉。聽說不只是對我、對朋友們也這麼說。剛開始我還以為是開玩笑，可是後來在遊戲的高潮時，她還是說同樣的話。她好幾次對我預告明年要死。我回答她那就請吧！元旦跟她在飯店見面，那時我問她，今年真的要死嗎？」

夫人宛如傳遞著彼此都已知道的訊息般淡淡地說。勝呂想起上次在醫院看見她時的疲憊倦容。

「我說那天跟她在一起的情形吧！我們兩人在代代木的飯店過除夕夜。電視上紅白對抗賽節目完了之後，把頻道轉到沒啥內容的節目。在愉悅的聲音中，她叫了好多次殺死我吧！我說，那麼今年冬天就去死吧！她跟我說：好！我死。」

「她說的是真心話？」

「一半是真的。事實上我很想知道；夾在書裡的信上也說了嘛！心裡存在著超越理智的力量，這力量會轉變為激情，轉變為背德；而這強烈的力量是道德等壓抑不了的，它把我們拉到深淵的底處。然而，死亡時會如何呢？沉溺於這力量中，死亡時是否也有快感呢？素子想嘗試看看。」

「所以是阻止不了的？」

「是的。」

女服務生送來小缽時，兩人靜下來，等女服務生離去。夫人把河豚的薄切片送到嘴裡。在她的嘴唇微微開闔之間，薄切片宛如被花瓣吸進去的蟲似地消失了。之後，臉頰動著，夫人慢慢地享受滋味的感覺，傳到勝呂身上。

「一個人喝酒好沒意思。」她喝乾杯中的酒，「您真的不喝嗎？跟您寫的東西一樣，真是膽小！」

夫人是否醉了？高雅的談吐不見了，代之而起的是挑逗的語氣。

「醫生呀——」

「醫生又怎麼樣？有什麼了不起呢？」

勝呂沒辦法，只得遞出杯子。

「我喝，但是您也要告訴我，她死前有沒有跟您聯絡？」

「有！」

夫人好像早就等著他的問題似地微笑。

「您還記得嗎？我給您電話的三天前夜晚，跟她講了很久的電話。她說要是死後可以轉生，下輩子兩人還可以再見吧！我們談論輪迴、轉世一直到深夜。我向她說茂動手術的事，說您要是死了，那就讓茂活下去吧！電話要掛斷時，她說自己明天傍晚要死。」

「那麼，您是連她哪一天要死都知道了？」

「是的。」

「儘管如此，您也沒有阻止她。」勝呂完全否定了剛才的話。「就讓它自然發展。」

「她因此而感到愉悅，她覺得活得有意義的並不是每日的生活，也不是以街頭畫家身分等待客人來，而是只有委身在那種衝動時，她才真正感到快樂。假如沉溺在漩渦中死去是她唯一的愉悅，是唯一有意義的事的話，又怎麼阻止得了？本來那天傍晚，我還到她住家附近去。」

「去了，為什麼？」

「因為戰勝不了誘惑呀！知道素子馬上就要死了，我想在附近充分感受那氣氛。我在她住家附近一家小咖啡廳，叫了一杯紅茶，坐了大約兩個小時，有三個像工人似的男人在玩電動玩具；有小貨車載蔬菜來賣，窗外附近的主婦們聚集過來。冬天的天空從建築物的空隙窺視著。我記得很清楚，瞄了好幾次手錶，已經四點、四點半、五點了……想像著她現在正在自殺，正在自殺。那時，眼前已經好久沒出現的被火吞噬的小屋又出現了。聽得到女人和小孩的聲音，也感受得到煙味和燒焦味。恢復正常意識時夜幕已低垂……站起來走出咖啡廳。那一瞬間我確定糸井素子已照約定享受著快感而死。」

夫人說到這裡停住，勝呂放下筷子也無語。現在任何言語都說明不了她的心理，不！說明不了她內心深處可怕的東西。可怕的東西，是隱藏在每一個人心中的可怕東西。身為小說家的他，究竟要賦予這件事何種意義呢？要如何解釋呢？除了沉默外別無他法。只能說的是：現在耳中所聽到的一切是惡的故事，而不是他小說中所寫的罪的故事，是惡的故事。

「等一下送來魚白（註：しらこ，魚睪丸，又稱白子）好嗎？」

女服務生來問。

「您喜歡魚白嗎？」

「我……」勝呂很疲倦地搖搖頭。真的很累。「已經夠了。」

想回到有妻子的地方，即使那是偶爾也會感到痛苦的家庭。

「我想起來了。您的肖像畫，她給了我，當作遺物。」

「那不是我的肖像畫。」

「啊！是的，是假冒您的……」

夫人笑著點點頭，向女服務生點了甜點。

「您想見見假冒您的人嗎？」

「耶？」勝呂吃了一驚，不由得大聲地叫了出來。「怎麼回事？」

「我把他介紹給素子。當然沒跟他說明。」

「那傢伙是做什麼的？」

「直接問他本人好了。因為您一直都是只聽故事，而不付諸行動，連酒也不喝的人，寫得不徹底的人，不傷害人的人……逃避的人。」

夫人雖然臉上笑著，但是勝呂從她大膽的眼中，清楚感覺到有著和以往不同的挑戰性東西。

「可以讓我和他見面嗎？」他用嘶啞的聲音拜託。

「那麼下星期五，您有空嗎？」

「下星期五是十三號嗎？」

「是的……。對你們來說是不吉利的日子。天主教徒當它是耶穌逝世的日子。」

「是大家這麼說的。」

「那一天請您到這裡來。或許可以遇見他。」

她打開手提包，拿出銀色原子筆，在放酒杯的墊子上畫地圖。
「我在這裡等您。」

8

勝呂開完筆會的理事會後，加納要他在開會的T會館的二樓等。那裡有供應咖啡和紅茶的咖啡廳，可以看到皇宮外的護城河。正下著雨，他注視著雨霧中的護城河，想起冬初受獎日發生的事，和今天一樣，皇宮的石牆也是濕濕的，那天那個男人出現，然後……跟那個男人對決的日子已接近。討論完事情之後的加納，帶著浮腫而疲憊的臉走近，用右手拍自己的肩說：

「老了！老了！真是歲月不饒人！」自言自語似地，「筆會對山岸先生的死也不能不表示點意思。」

說明有關兩天前猝死的前輩批評家的葬禮，雖說是前輩，事實上和加納、勝呂不過是五歲之差。

「下次輪到我們了！」加納滿臉憂鬱似地，「以前曾被小林秀雄先生說過我是不是開始做死的準備……我回答我只寫下這些東西，還沒留下死而無憾的作品。」

「這……誰都一樣。經常想著下一部作品、下一部作品是自己的唯一代表作。」

「可是你跟我不一樣……你一直踏實地建立你自己的世界，忘了是出版社的哪一位先生曾說過，只要是勝呂的小說，必看的讀者有一萬人之多。」

「有那麼多嗎？」

「是的，有。因此必須好好珍惜讀者對您的印象。你縱然不願意，也要愛惜那世界……」

加納靜靜地說著，突然把視線轉向窗外。

「你真的沒有出入不正當場所嗎？」

勝呂這時才會過意來，原來加納要說的是這件事。

「以前你曾勸過我的，我沒有出入那種場所呀！」

「真的嗎？」

「是真的。」

「我相信你。可是，深夜你和女人走出赤坂賓館的謠言逐漸散開，這也是事實呀！要是照片被《焦點》或《閻魔》那樣的雜誌登出來的話……」

「我沒去呀！不過……」

勝呂只講了不過兩字，以下的話就吞下去了。

「不過怎麼樣呢？」

「沒什麼。」

「要注意曾來訪問過我的那個採訪記者，那傢伙很死心眼的。」

加納默默地注視不久送來的紅茶；伸出手想拿帳單，勝呂看到，擋住他的手，點點頭先行離去。看他的背影和以前不同，似乎極為疲倦。

今天難得很溫暖，勝呂和來打掃寫作坊的妻出去散步。最近天氣寒冷，妻的關節疼痛，所以好久沒一起散步了。在斜坡上他護著她慢慢地走。

「有一陣子沒散步了，走起來上氣不接下氣。」

妻坐在椅子上，呼吸有點困難。

「這是習慣的問題。關節炎不會死人的，要是天氣暖和會舒服點。」

他知道自己和妻誰會先死，當然是老早肝臟就不好已成老毛病，而且只有一邊肺的自己。每個月醫生從他的手抽血後，都一再重複叮嚀他工作不要太勉強。

「九州之旅很愉快吧！」

妻放心似地望了一陣子遠空，想起什麼似地。

「那個神父現在怎麼了？」

他知道妻自從長崎旅行回來之後，經常在心裡回味、咀嚼。對老夫婦而言，這也是幸福的回憶之一……。

「睡覺前自然而然想起那位神父的人生，心胸狹小的人就是這樣。」
「某種意義上你也是心胸狹小的人。」
「這是諷刺？」
「不是的，跟你相比……」
說到這裡沒再接下去，跟昨天和加納談話時一樣，講了一半就吞下去……跟妳相比，我不是心胸狹小的人。我並不是妳瞭解的我，還有沒跟妳說的祕密！有一個和我一模一樣的男人，最近我要和他見面的事，妳也不知道。那個男的下賤、醜陋……
「您……不是有話要和我說嗎？」
突然，妻的臉轉向他，那表情顯露不安。
「怎麼了？有什麼事嗎？」
看著妻滿是皺紋的眼簾，勝呂不願讓這眼簾為淚水沾濕，何況兩人的人生並不那麼長了……。
「請放心！」
勝呂的聲音像告解室的神父，然後急忙改變話題。
「對了！阿蜜她想還錢……要不然讓她再來工讀怎麼樣？」
「我也這麼想過。後來打電話給她，說已經有別的工讀機會了。」
「工作好嗎？」

「成瀨小姐……聽說有一天和那孩子在醫院裡認識，要她一個星期到醫院兩次。這樣的話，對那孩子也好……。一定可以學到好多東西……」

「阿蜜已經答應了嗎？」

他不由得語氣變強。

「聽說是的。怎麼了？」

「沒什麼……好可惜呀！我也很喜歡那孩子……」

他忘不了把濕毛巾放在他發燒額頭上的那少女影子；還有毛線衣上灰塵的味道，以及那討人喜歡的齜牙一笑……。

雖然心裡告訴自己不必在意，但是和成瀨夫人的約定仍然像甲烷氣泡似地浮上心頭。距離「可以和假的自己」見面的日子只剩下三天。

無論如何非和自己一模一樣的男人見面的心情，一天天地逐漸轉變為不想見面的厭惡心情。第一、追究到底，那個男的可能像往常一樣浮現出輕視的微笑提出辯解，或者是托辭支吾吧！不過，至少可以要他以後不再自稱是勝呂；可是沒有禁止他行動的權力。這麼一來，又怎麼證明出入不良場所的那個男子不是自己呢？

還有，為什麼那個男子會突然在今年冬天出現呢？在這之前那個男子藏在哪裡？自從男子出現之後，支撐著勝呂文學的支柱出現了裂痕。不只是文學，連生活也有了破綻。男子對勝呂而言宛如會帶來不祥的象徵。這時他想起托瑪斯．曼《魂斷威尼斯》中的老人，為了和一位美少年見面，失去了人生的一切。那老人多大年紀呢？和他一樣超過六十五歲了吧？

長久以來，勝呂知道有一天神會突然讓他遭受打擊，可是沒想到是這把年紀，好不容易才建立起自己的世界時，神會這樣對待他。

傍晚來臨。

在寫作室彎著腰坐在椅子上，客廳的電話鈴響了。想跟往常一樣不去理它，但是那鈴聲像是在向他的意志挑釁似地一直響個不停。

電話鈴聲停了。剛鬆了一口氣，又再響起來。他還是沒站起來，繼續他的工作，電話又再響了，實在忍耐不住，於是拿起聽筒。

「喂！喂！」

從聽筒傳來栗本低沉的聲音。

「沒人接電話，還以為您不在家呢……加納先生倒了，已經送到醫院去……」

栗本沒再說下去。

剛聽電話時極為憤怒，心想惡作劇也要適可而止；不過，回頭一想栗本並不是會惡作劇的人。

「事情太突然了，臨終時只有N小姐在身旁。」

N小姐是五年前加納的太太去世後，照顧加納起居生活的女性，本來經營飲食店，是加納的小說迷，不知何時變成這種關係；不過，即使是對勝呂這樣的多年老友，加納也不願談她的事。

「大約三十分鐘前說胸口疼痛……醫生急救時就斷了氣。」

「好，我馬上去。哪一家醫院？」

「附近的大森醫院。不過，遺體馬上就運回家，所以您還是到他家的好。」

勝呂急忙準備，叫了無線電計程車，直奔加納的住處。

五天前，筆會理事會後，在T會館和勝呂對面而坐、滿臉倦容的加納，又浮現眼前。跟平常開朗的樣子不同，看來陰鬱、不快樂而且浮腫的臉，是否就是死亡的前兆呢？為什麼勞累呢？他想到在文壇上善於交際的加納的生活：加納一定出席理事會，經常和年輕的編輯喝到三更半夜。大家都認為他是爽朗的作家；不過，他的小說也表現出神經質，討厭與人來往的個性。實際上，只有多年的老友才瞭解到這一點。

從計程車的窗子看傍晚的街景，跟往常沒有什麼兩樣，灰色的天空，路上卡車和公車奔馳，電器行前面年輕的店員搬動紙箱，水果行前的橘子發出亮光。加納雖然死了，可是現實絲毫未變，勝呂和剛才一樣感到憤怒，但是對加納的死，自己還沒產生這是事實的感覺，他覺得煩躁。

接近加納的家，在住宅街的小路前端，穿著黑色西裝的編輯已組成服務台，和先趕到的前輩瀨木氏等交談著。勝呂和認識的前輩們打過招呼後，栗本帶他進入客廳，電燈看來極為耀眼，可能是白色棺木的反射和擺在後面的菊花亮光造成的吧！N小姐抬起眼睛哭得紅腫的臉，小聲說請瞻仰加納的遺容。棺中加納的遺容變成像蠟作的顏色，眉間隱隱殘留著痛苦的陰影。勝呂對人生已完結的老友遺容端詳了好一陣子，讓遺容永記心頭。

（……在彼方……還可以再見面）他在心中嘟囔著。（好歹在這世上，你和我生活過，也寫過東西。）

這時勝呂才真正感覺到加納真的死了。胸口一陣難過，眼淚撲簌簌地掉下。不久，弔唁的客人增多，在排列著守靈飲食的別室裡，以前的文學夥伴斯波也在其中。斯波對想成為評論家的願望已死了心，在女子短大當老師，變得很樸素，銳氣殆盡。

斯波把啤酒倒入杯中，沉痛地說：

「心想距離那一天還早得很，沒想到加納先生走了，一下子死亡好像已迫近眼前……」

勝呂也點點頭。

「是呀！我們這一群，一個一個地減少了！」

這時坐在前座的前輩瀨木氏苦笑著自言自語地說：

「接下來……輪到我了！」

勝呂安慰一下N小姐，再瞻仰一次加納的遺容，告辭時已是深夜。計程車老等不來。沒想到加納的死，自己會這麼沉痛。

醫生看完檢查表轉過身時發出「吱――」的聲音，比往常更讓勝呂感到不安。

「GDT是二〇五唷！GOT也高達一八八。我勸你還是入院的好……再這樣置之不理，有時會急速惡化。」

勝呂看了一眼醫生放在桌上的細長檢查表，奇怪的是對醫生的話沒什麼特別的感受，只是心裡湧起自己逐漸接近加納已先離去的世界的感慨，這就是老年……。

「入院啊！現在沒辦法呀！」

「可是……」

「好吧，那就儘可能保持平靜。至於是否入院，看下次的檢查值再決定好了。」

「肝臟在病入膏肓之前，既不痛也不癢。最後等到腹部積水時已演變成肝硬化。在這之前非控制住不可。」

「我知道了。」

他同意醫生的說法，可是就是拒不入院。

搭地下鐵回家，坐在角落的位子，雙手手指交叉置於膝上，無心地瀏覽車內的廣告。老夫婦專用的公寓廣告，夾在結婚宴客廳和週刊雜誌廣告之間，扮演老夫婦的是勝呂從少年時代就認識的男女演員，在兩人裝出來的笑容上，大大地印著「美好的老年」五個字。勝呂在嘴裡笨拙地唸著這五個字「美好的老年」，可是心裡想的是從頒獎日起體會到老年，是醜惡的、散發出腐臭味，哪裡美好呢？就像是陰暗的夢。所謂老年是已經藏了很久的東西，在從死亡處吹來的風中，現出原形。勝呂閉上眼。

回到寫作坊，妻已來打掃。

「怎麼樣？」

「妳是說檢查？平常值，醫生說不用擔心。」

「太好了！」妻打從心底放心似地，「我從早上起一直擔心著。」

勝呂鬆了一口氣，總算祛除了妻的不安。

加納的告別式在芝地的青眼寺舉行。勝呂在用菊花裝飾的祭壇中擺著的故人遺像前，代表友人致悼詞；那是早上花了約兩小時寫成的。勝呂想起冬初在頒獎儀式中，很精闢地闡明他文學的加納的友情。他寫著：

「有關故人的一生與文學，一言以蔽之，是不迎合世俗的文學。加納的作品不取悅讀者，也不迎合時代，他只是把非寫不可的東西寫下來而已，他的寫作是很任性的，而這種任性也表現在他的生活方式上。」

告別式結束後，走出大殿，走出有穿著喪服的男女走著的庭院時，他發現遠遠的有一個男子靠在燈籠座注視著他，那是小針。他走過來說：

「我可以跟你談一下嗎？」

勝呂沒直接回答，但做出答應的樣子。

「上個月，有一天晚上東京被濃霧籠罩，你記得嗎？」

「濃霧？」

「是的。報上說是三十年來的大濃霧。」

「那跟我有什麼關係呢？」

「那一天晚上勝呂先生去哪裡呢？」

勝呂不理小針，要走開時，對方擋在前面。

「在代代木旅館前的人行道上我們兩人碰過面，後來你急忙逃往附近的岔路。」

勝呂沒說話走出寺院正門。在那裡幫忙葬禮的出版社的人幫他叫了車子，小針沒再追過來。

勝呂坐上出版社安排的轎車後，想起那個男子所說的代代木旅館，趕快取出紙夾，拿出裝在裡面的小紙條。那是上一次在「重良」吃飯時，成瀨夫人親手遞給他的紙條，紙條上面很漂亮的字清楚地寫著代代木。

小針說濃霧的那天，在那家旅館前碰到自己。那天晚上確實外出過。並沒有什麼特別的目的，只是想在連方向都分辨不清的濃霧中，在公園裡漫步。走著走著，他覺得眼前的情景很像老年的自己。在清澄透澈、充滿自信的這一輩子的終點，竟有一隻汙穢的手攪局，把勝呂的老年攪得像霧的世界般混濁。

（我受夠了！）

勝呂又是一陣氣憤。小針這個採訪記者始終糾纏不休，而假的那個男子又為什麼頑固地一再出現呢？

（已經受夠了！這次要做個了結。）

明天是夫人準備告訴他真相的星期五。雖然也猶豫了好一陣子，到底去呢？還是不去？不過這時候他已下定決心，這次非見見那個男人不可。

星期五。

前天晚上，電視報導或許會下雪；雖然氣象報告經常不準，不過，這次的確冷得似乎會讓妻的關節發痛。

前一天，他睡在寫作坊，一大早就醒過來。閉上眼睛想再睡回籠覺，但老是睡不著。下了床來，心情很煩躁，臉也沒洗就躲入避難所的書齋。桌上，昨天亂塗的紙條仍散放那兒。「覆蓋的東西沒有不露出來的，隱藏的事沒有不被知道的。」、「汝之手，倘使汝跌倒，可將之切掉拋棄。」

到廚房，把水倒入咖啡壺，把插頭插入插座裡。盥洗完畢，喝熱咖啡，打電話給妻。

「關節痛嗎？」

「是呀！很小心一直用溫濕毛巾敷著。今天是星期五，等一下要上教堂。」

「這裡的事不用擔心，我要和雜誌社的人一起吃飯。」

勝呂希望今天不斷有客人來訪。要是編輯接連著來，這樣就沒時間胡思亂想。看了一下預定表，知道今天早上栗本會來。

栗本來的目的是希望決定下一部長篇小說。勝呂回答需要一年的準備時間。

「為什麼呢？」

正經的栗本露出不解的眼神。

「我已經是這把年紀了。不想寫同樣題材的作品……此外……還有一些心事……」

「什麼心事？」

「有人想摧毀我建立的文學世界，看看是不是會瓦解掉。」

栗本歪斜著頭。

「加納死前告訴我，有關我的謠傳還在擴散。」

「沒那種事吧！真正的讀者應該知道您不是那樣的人。」

「真正的讀者？」

「譬如有一次您見過的在復健中心工作的青年。不過，您的世界要是真的瓦解了，怎麼辦呢？」

勝呂苦笑，「那也沒辦法」的話已衝到喉嚨。

「到開始動筆寫，至少需要一、兩年的時間，題目就訂為『醜聞』，或者是『老人的祈禱』……」

栗本回去後，勝呂靠在窗上，遠望澀谷和新宿西邊的大廈。街上陰森沉靜，雖然已是三月中旬，不過下午如果真的下起雪來也不奇怪。

為了排遣鬱悶的心情，翻翻外國作家的作品，但無論是封面或內容都看不下去。勝呂自己也明白這並不是作品的緣故；眼睛只是一個字接一個字地掠過而已。

（不管它，反正這樣的作品跟我沒啥關係。）

其實，這勉強說出的喃喃自語不過是謊言，他自己也明白整個心早已飛到成瀨夫人告訴他的旅館那裡去了。

他感到腳底發冷。於是關上窗簾，窗外已是一片漆黑。往常這時候正是收拾東西準備回到妻等著的家；不過今天已經跟妻說好要和雜誌社的人一起吃飯。

下計程車時，雪花掠過臉頰落在穿著雨衣的手腕上，勝呂站在旅館前，心裡猶豫著，雪一直飄落在他的四周。

從門的兩側到停車場為止，喜馬拉雅杉黑黑地並列著如整列的士兵。玄關的光線洩出來，在雪花飄落的入口附近，形成亮光。這裡與其說是旅館，其實更像大戶人家，背後廉價旅館的霓虹燈閃爍著刺眼的顏色，這一帶都是那種場所。

奇妙的是，這家旅館以前似乎曾經看過，不只是看過而已，好像還進去過，這情形就跟面對著新的風景，有時感覺似曾相識一樣。然而，自己為什麼對這旅館會有印象呢？

勝呂站到入口處，聽得到尖銳的打字聲。有一個三十幾歲穿著黑色上衣的男子面對前方。勝呂望著越下越大的雪花，等候著男子意識到自己的存在。在入口的光線中，雪花紛飛。

「請進！」

男人看到勝呂停止打字。

「姓成瀨的婦人，」勝呂掩飾自己的難為情，「應該已經來了吧！」

「是的。」

好像經過訓練般，男的臉上突然沒什麼表情，有如背誦似地說：

「請搭電梯到三樓，她在三〇八號室，就在走廊的盡頭。」

勝呂通過擺設得像沙龍的空間，進入電梯裡。從櫃台望著自己的男子，在勝呂眼中突然變成在復健中心工作的年輕讀者。

電梯經過二樓，緩緩地停在三樓。滿是灰塵的地毯味道撲鼻而來，他走向走廊。一片寂靜。

在走廊裡，走過三〇六、三〇七，看到了三〇八號室，敲敲門。

「沒上鎖呀！」
夫人在裡面等著他。她穿著喀什米爾（cashmere）毛衣，斜坐在長椅上抽菸，毛衣上銀胸針閃閃發光，勝呂第一次看到她抽菸。
「我想您一定會來的。」
她熄掉菸站起來，勝呂心想總要回答她什麼。
「是呀！我是來看假的我。」
聲音嘶啞。
「要不要先瞄一下隔壁的房間？」
她馬上告訴勝呂心裡想知道的事。
「這裡是自動控制室？」
夫人稍稍豎起手指指著進入鄰室的門。這間三〇八號室連著臥室。
推開臥室的門一看，有一張大床，床上面有一個穿著毛衣、牛仔褲，看來像木偶似的東西趴著，頭髮已髒，臉上稚氣猶存，正熟睡的是中學生森田蜜。
「這是怎麼一回事？這孩子為什麼會在這裡？」
勝呂的聲音充滿著驚訝，他知道自己已落在夫人的算計中。
「你不是說要讓我和那個男人見面嗎？」
「是呀！他應該很快就會來了。」

「在這之前先讓蜜回去，請讓她回去吧！」

夫人微笑著一直注視著他，那微笑中摻雜安慰和惡作劇，好像在對小孩說，你不是在說傻話嗎？

「那孩子在這裡喝了酒。她喝得很有趣，照現在的情況來看是回不去了。」

「妳們在這裡做什麼呢？」

「沒做什麼。看電視、唱唱歌……說我少女時代的故事，等您來。」

「為什麼帶蜜來呢？」

他激動得聲音都變沙啞，責備夫人。

「外表看來像大人，其實還是小孩，什麼也不懂，個性很好。這孩子的個性是看到人有困難，即使自己吃虧也無所謂，很討人喜歡，對人一點警戒心都沒有。」

「我知道。」夫人微笑點點頭。「在醫院裡好幾次看到那孩子盡力照顧年老病患。」

「我發燒時也整晚看護著。」

他眼前又浮現出那一天晚上，蜜把手放在他額頭上，齜牙一笑的表情。

「不過，」夫人正經地問：「我們對討人喜歡的人會不會產生愛情呢？對天真的人除了好感之外，難道就不會有別的感情嗎？您是小說家，我想您會瞭解。」

突然，夫人臉上哀傷的表情擴散開來。

「我認為人心並不是那麼單純……您對蜜的感情就只有好感和同情嗎？」

夫人「一語中的」，勝呂有點狼狽地說：

「妳是為了證明這一點，所以才把我叫來？」

「我先生很善良，但是被他拋棄的女人不知有幾個。無論是誰都會有因對方天真、太善良，反而產生想傷害對方的心理吧？」夫人挑戰似地說。「我可以問您嗎？」

「你想問的問題……其實不必問我，就已經知道了。」

勝呂故意想迴避這問題，但是夫人並未因此作罷。

「您相信的那個耶穌是被殺死的……事實上，他不就是因為太純潔、無垢嗎？」

「妳想說什麼呢？」

「群眾不是在耶穌滿身是血，揹負著十字架往刑場時，罵他、丟他石頭嗎？你不認為那就是我多次向您說過的是『快感』作祟嗎？看到眼前有純潔、無垢的人在痛苦著；那時讓對方更痛苦的『快感』控制群眾的一切，這種看法不對嗎？因為耶穌真的太純潔了……純潔到我們都想破壞……這種心理是每一個人都有的，隱藏在內心深處……可是誰都不願正眼瞧它。長久以來，你不也是這樣嗎？說到您的小說……你只寫背叛耶穌，結果雞鳴三次後就流下後悔的眼淚的男子……至於向耶穌丟石頭，沉醉於快感的群眾，您不是絕對避開不提嗎……」

「小說家也有他無論如何不想寫的世界。」

「您在迴避話題呀！」

夫人大膽的眼睛睜得更大，然後看不起勝呂似地。

「今天是星期五，很偶然的是耶穌被處死刑的日子。是群眾向耶穌丟石頭的日子，所以我故意請您來這裡……」她笑了幾聲。「很抱歉，不過我是誠心的。」

「總之，妳說可以讓我見到那個男子，妳欺騙我。」

「馬上就可以見到的。」

夫人若無其事地說。

「在哪裡？」

「在隔壁的房間。」

他準備到鄰室去。

「現在不可以去，他討厭隨便闖入的人。」

夫人遮攔著。

「去那裡！」

她舉起手指著臥室對面的門。

「那裡有吊著洋裝的衣櫥，衣櫥裡有一個窺視孔可以看到隔壁臥室。」

「窺視孔？」

「新宿地區不是正流行嗎？這家旅館的會員中也有人希望做同樣的娛樂……從那裡可以看到他呀！」

「到底他對蜜做了什麼事呢？」

「我想您會把對那少女的感情完全表露出來……」夫人靜靜地回答。

「開什麼玩笑？我對那個孩子沒有什麼特別的感情。」

「表面上是這樣，可是在您的意識裡……」

「我對她沒有什麼不良的企圖……」

「可是，企圖不只限於性呀！有各式各樣的企圖。」

「那是什麼企圖？」

「您看了就會瞭解的。」夫人刺激勝呂的好奇心。

混亂的心情使他感到困惑。一方面心想非帶蜜回去不可，可是另一方面自己也想確認一下夫人所說的無意識中自己對這少女的感情。

「不喝不行唷！」

夫人突然喃喃自語。她站起來打開酒櫃，裡面有白色的小型冷藏室，上面的架子上排列著小瓶洋酒。

「我來調雞尾酒。」

「我不喝。」

勝呂強硬拒絕，他不想再答應夫人的邀請。

「不，我怕喝酒！」

她早就把酒杯和雪克杯（shaker）放在冷藏室冷凍。夫人把琥珀色的液體倒入酒杯，放在他眼前。

「這又不是毒藥，把它當成是可以帶領你到另一個世界的藥好了。」

勝呂一直注視著那液體。夫人不知去拿什麼東西不見了。抬起頭來看外面，雪靜靜地下著。他伸出手把酒杯拿到嘴邊，一股撲鼻的香氣！長久以來禁酒的他咳嗽了；但是，突然作賤自己似的衝動動搖了他的心。發出「吱——」的醫生的椅子：告訴他GOT、GPT的聲音，勝呂憤怒地一口氣喝乾了酒杯中的液體。

暖流從喉嚨擴散到胸口，隨著暖流的擴散，感覺好像把他帶到完全不同次元的世界裡，他要蜜回去的念頭逐漸減弱。

（帶她回去）勝呂拚命地對自己說。（帶她回去）

自我鼓勵似地從沙發上站起來走向鄰室，感到腳步有點不穩，應該走向門去，但是有一種超越他意志的東西，讓他轉向成瀨夫人告訴他的洋服壁櫥。

（看一下，）他嘟噥著。（只要偷瞄一下。然後安心帶蜜回去。）

在掛著幾支衣架的壁櫥裡，有一個要是不仔細看就發現不到的圓形小孔，勝呂撥開衣架把眼睛附在小孔上。雖然那是寫下《基督傳》和《使者》的他，但是姿勢和在歌舞伎町的窺視屋裡做出下賤姿態的男人並無兩樣。

孔上嵌著特別的鏡頭，轉動圍住小孔的黑圈，可以看到臥室的每一個角落。床鋪附近擴大得像是臉貼近似地，連竊聽器的耳機都裝上去了。鏡頭的焦點不準，剛開始只看到白色塊狀物放置在床鋪上，等調好焦點一看原來是仰臥著，不知什麼時候穿髒了的毛衣和洗得褪色的牛仔褲和內衣褲都被脫掉，但還睡得很熟。把內衣褲脫掉的是蜜自己呢？還是夫人？

旁邊檯燈柔和的光線照射在像小孩的睡臉上，看到這情形勝呂胸口一陣疼痛。少女的肉體不如夢中看到的那麼美，大腿就跟現代少女一樣渾圓，可是腳短又醜。不過，在檯燈燈光下，尚未成熟的乳房和尖端的褐色奶頭極為醒目，那是成為女人之前還有點青澀的乳房。腹部沒有脂肪，小小的肚臍有如小沙豆的流線，在深處形成稀疏的陰影。一直瞪著褐色的奶頭和看來硬挺的乳房，勝呂宛如看到、嗅到春初樹林的顏色和味道，那是只吐出嫩芽，還沒長出葉子的雜樹林味道；是生命的芬芳。

雖然從蜜的裸體，感受不到性和「女人」的味道，但也是小孩的身體，那是只要再過半年，就成為渾圓、柔軟的成熟「女人」之前的肉體。已髒的頭髮覆在額頭上，毫不知情睡著的臉上，尚殘留著小孩幼稚、天真的旨趣。

把眼睛附在小孔上，經過了相當久的時間，成瀨夫人的影子不見了，當然也沒看到那個男人，夫人或許想讓勝呂的眼睛「飽嚐」蜜的肉體。

看著少女的裸體，他想起他這把年紀喪失的一切：如齒輪已用舊，磨損到他的內臟，醫生說的已開始變硬的肝臟，受到歲月長久腐蝕的臉，如加納已死般，自己離開這世界的日子也不遠了；但是在這天真的睡臉和尚未完全成熟的乳房上，卻存在著未來。勝呂心想要是把臉湊近那硬挺的乳房，一定可以嗅到蘋果般的芬芳，那是成熟女人——但同時也隱藏著衰老陰影——的乳房，絕對聞不到的香味。勝呂有一股衝動想盡興地吸那香味，只要吸那香味，這老朽的心靈和體力都會恢復過來。

聽到某處傳來的音樂，那是莫札特的鋼琴協奏曲，要是能夠再活一次，希望能有一次「享受」那樣的音樂，現在流竄在他心底的不是往常的平靜而是死亡的氣息。這時，他突然想起和妻旅行的島原半島，圓形山丘和照在峽灣的冬陽，以及眼神柔和的老神父的笑臉。若是那神父，即使看到蜜的身體大概也不會像自己一樣感到嫉妒吧？他確信自己將回到更偉大的生命當中。

夫人出現在隔壁的浴室。不知她是否知道勝呂從窺視孔看著這邊，她完全置之不理地坐在蜜的床旁，開始輕輕撫摸蜜的頭髮，像母親幫女兒梳理頭髮般小心地移動手指……蜜像從睡夢中醒來，迷糊地看著夫人，認出是誰時，蜜笑了出來，那是混合著特殊的優點與愚蠢的笑……夫人說話了，可是勝呂聽不清楚，急忙把掛在壁上的竊聽器塞入耳中，開大音量。

「妳真的醉了，睡了好久。」

夫人像在醫院看小孩一樣，以充滿慈愛的微笑對著蜜。

「想睡的話，就儘量睡吧！睡到什麼時候都沒關係呀。」

蜜發現自己光溜溜時，把雙腿弓起來。

「是我幫妳脫掉的，酒醉時不穿衣服才舒服。什麼都不用擔心……把我當成媽媽好了。」

緩慢而單調地的撫摸頭髮的動作仍繼續著。夫人纖細的手指輕揉蜜的頭，少女閉上眼睛。

「對！就像這樣閉上眼睛……會漸漸平靜下來的。感覺像是從很長的溜滑梯滑下，很舒服地滑下去，從溜滑梯舒舒服服地滑下去……」

勝呂屏住呼吸，以相同的聲調重複同樣的話，這行為和催眠極為相似。

事實上，蜜小小的頭已不再動了，像被蜘蛛黏住的小蟲掙扎到力竭不動時一樣，少女靜靜地躺著。

夫人看了這邊一眼，好像是說所有的準備已完成了。她也曾經向勝呂說：「和糸井素子，我們也是這樣開始的。」

勝呂因酒精作祟和從窺視孔看到異樣光景，感到茫然。

在如夢似幻當中，不知何時夫人不見了，令他大吃一驚的是，有一個男人壓在蜜的身上。男人背部在肩胛骨下，半月形的大傷痕還殘留著紅線，那是以前動過胸部手術的勝呂背部。

他。如夫人所說的，他出現在這寢室裡，注視著蜜的身體。

「是勝呂先生啊！」

蜜微微睜開眼睛，發出慵懶的聲音。

「怎麼了？」

尚未完全從催眠狀態醒過來的她，似乎還不清楚為什麼會有男人俯視她。

男人用手掌不停揉著蜜圓錐形的乳房，他透過手掌慢慢地「享受」少女乳房的柔軟和彈性。手掌更從乳房往下移，在像薄暮時分微黑的下腹部徘徊，不久，很疼愛似地把臉貼在呈細線狀的肚臍上。

「啊——」勝呂不由得發出聲音來。

男人體會到的感覺直接傳給勝呂，和自己一模一樣的臉接近少女的腹部，好像把臉埋在在太陽底下曬的棉被，有著像砂的味道，柔軟的觸感……閉上眼睛靜聽著從腹部深處傳來的聲音，那是血液流動的聲音，或是脈搏的聲音？在早春的村子裡，他曾經聽過相同的聲音。那不是現實的聲音，是林中所有的樹木吸收宇宙的生命，膨脹、萌芽，要吐出紅色新芽的聲音。假如生命裡存在著聲音，那麼少女無垢的體內，現在響著的就是那種聲音。

仔細聽時，發現聲音中有著各種旋律，喚醒了勝呂的回憶、記憶及印象。例如：幼時和母親一起走在小路上的安全感，小路上有珍珠花構成的隧道，還有他問「我們結婚吧！」時，少女微笑回答「好」之後，頭抬起時的臉，朗讀聖經「幸福哦！溫和的人」時那位老神父的神情；還有那一夜蜜在耳邊說「您不用擔心，我會看顧您的」聲音；每一句話都是他在這個世界找到的美與善的旋律。

勝呂想吸入這些生命的聲音，想吸取這生命。不知何時他與男人竟合而為一，把嘴貼在蜜的腹部，用力吸著，舌頭在乳頭四周也在頸上蠕動，和夫人一樣想把蜜的生命轉移到自己體內。老人身上到處有皺紋、老人斑，宛如被蟲吃掉的枯葉、毫無生氣的骯髒身體；為了挽回生機，他像蜘蛛捉住餌食蝶的時候一樣從蜜的身體吸取生氣。腹部和乳房，老人舔過之處留下唾液的痕跡發出亮光。要把這肉體弄得更髒，這是接近死亡的人對充滿生命力者的嫉妒。這嫉妒混合著快樂，在舌頭舔舐著的時候熾烈地燃燒，他不由得手放在少女的脖子上，那時，他的內部聽到和剛才不同的聲音。

有聲音響著，那是呼叫他的電話鈴聲在遠處響著。執拗地追蹤他而來的那聲音反覆地說著「另一個你」「另一個你」「另一個你」；放火把關著女人和小孩的小屋燒掉的你；對揹著十字架、全身血淋淋的男子丟石頭的你；寫下「我認為自己可怕，感到自己可怕」的你。

「好難過呀！」

蜜微睜開眼睛掙扎著。

「請放開手……」

那是細聲地說「您不用擔心，我會看顧您」的聲音。

像暈過去的人一樣，她甦醒過來了，從額頭到脖子都是汗，汗珠使他清楚地想起自己現在想做什麼，兩手正想用力掐住少女的脖子。對少女的肉體不只是嫉妒，還有更混沌的衝動

少女很快又呼呼入睡。那是健康的呼吸聲，是年輕生命的氣息，不像勝呂夜晚被黑色夢魘纏住；自己和蜜是面對生長與面對死亡的對比，聽著那呼吸聲，勝呂從未感受到這對比是如此強烈、真實。

走近窗邊拉開窗簾，窗櫺上積雪，房間的燈光照射在不斷飛舞的無數的雪花上。

大約半小時之後蜜又醒過來，勝呂命令式似地要她穿上衣服。他轉過身，蜜穿上牛仔褲，把舊毛衣從頭上套進去。

走出空蕩蕩的走廊，二人進入發出喳喳聲的電梯。

「我好像作過夢。」

少女突然想起似地自言自語，勝呂什麼也沒說。

「夢中好像見過您幾次面，這是怎麼一回事呢？」

她又冒出這麼一句。

櫃台上仍然傳出打字的聲音。勝呂擁著少女走到外面，穿著黑色衣服的男子，佯作不知連頭都沒回一個，勝呂本來想麻煩他叫輛計程車，不過看著一切瞭如指掌的男子背部，就打消了這念頭。

「馬上就到大馬路了……到那裡再搭車。」

他想把自己的圍巾借給她。

「不用了，我還年輕。」蜜搖搖頭。「年紀大的人要是感冒，就會像上次那樣。」

雪從喜馬拉雅杉上掉下來。沒有車輪駛過的痕跡，小心翼翼走到門外時，突然有閃光燈打在臉上，不是計程車的燈光。

「勝呂先生！」

手上拿著相機的小針站在那兒。

「你在這家旅館做什麼？」

「……」

「你果然不出我所料。把照片洗出來以後，我要揭開一切真相。」

勝呂愣愣地看著小針，不過很快就意識過來，於是擁著蜜的肩膀走開。

「背地裡幹這種事啊？號稱是天主教徒的作家竟然……」

小針尖銳的聲音像石塊般敲在勝呂的後腦。但是，他沒有轉過身來辯駁或修正。

「這女孩子是誰？不是未成年嗎？」

勝呂不想讓蜜聽到小針的叫罵聲，舉手攔下急駛而來的計程車，把她推入車門已開的車內，從錢包裡抽出二、三張鈔票放在她的膝上。

「妳一個人回去，因為我有些話要跟那個人說。」

車開走後，他朝著原宿的方向走去。

「我要把你的醜聞寫出來。知道嗎？」

很奇怪的是那聲音並未引起任何不安與恐懼。想把它當成醜聞就由他吧！從窺視孔看到的情景不是幻影，也不是惡夢。用唾液把蜜的身體弄髒的是和自己一模一樣的男人。那人不是別人，也不是假冒者，而是我，一半是我，是另一個我，以後掩飾不了，也無法否定。

「你自己不覺得可恥嗎……」

雪中，小針還在叫嚷著，那聲音如同在霧中聽到的從遠處傳來的微弱汽笛聲。

雪花飛舞。他拚命地往千駄之谷走去，稀疏的頭髮和衰老的臉上，有雪花掠過，消失了；落下，融化了。汽車投射出強烈的燈光，走過身旁，發出濺起泥巴和積雪的聲音。要怎麼接受自己看到的一切呢？如何整理向自己襲來的情緒呢？勝呂腦中仍然一片混亂。

「醜陋……」他說出話來了。「好醜陋！」

男人不潔、下流的淫笑，和覆在蜜身上像動物的姿勢的醜惡，那個男的……不，那個男人就是勝呂，不是別人。那個男人醜惡的話，那醜惡就像潰瘍一樣隱藏在他的體內。寫了多年小說的勝呂，認為無論人再怎麼醜陋、惡劣，都可以找出救贖的跡象，也確信任何罪中都會有再生的生機悄悄地鼓動著，因此，即使有點難為情也還有信心自稱是天主教徒。可是從今天起，不得不承認這醜惡是自己的東西，必須從醜惡當中找出救贖的跡象。

可是，怎麼辦呢，如何整理這一片混亂？他在小說中從未描寫過的黑漆漆的東西，確實隱藏在他的心裡。那黑漆漆的東西平常沉睡著，在某種狀況下突然醒過來，開始蠢動。

察覺到這情況時，他像狂人似大叫出聲。從後面駛過來的計程車把燈光打在勝呂身上，稍微減低速度，可是司機連頭也沒回，就這樣開走了。

街燈的燈光照射在有如小人跳舞的雪花上，勝呂突然發現大約五十公尺前也有人在走著。從背部看來好像曾在哪裡見過，稍微疑惑了一下，他認出那是自己的背部，大吃一驚，對！就是那個男人。

男人沒有回頭，在大街上一直朝著千駄之谷的方向走去。在街燈照射下有無數的白色雪花在四周跳躍著，又好像從細小的雪片中發出亮光。光充滿愛與慈悲，如母親般溫柔地把男人吸進去，男人的影子不見了。

勝呂感到一陣暈眩，他注視著男人消失的空間。光逐漸變強，連勝呂也被包圍，在光線中白雪發出銀色的光輝，觸在臉上，撫著面頰，融在肩上。「請憐憫我！」勝呂不由得說出：「請憐憫精神失常的人！」

模糊地記得那是波特萊爾的詩，或許不是，但是管不了那麼多了，只覺得這句詩最能表現他現在的心境。「人為何生活？為何有人？在全知的祢底眼中……是否也把人看成怪物呢？」

9

兩天前，背陽地方仍殘留骯髒的積雪，因昨天和今天的放晴已完全消失了。妻用吸塵器打掃客廳，勝呂整理送來的郵件。

「這是很現實的，前幾天還擔心寒冷的日子不知會持續到什麼時候；但是現在日子一暖和，就把膝蓋疼痛的事全忘了。」

「妳和我不同，妳的內臟正常，可以活得久。」

「今天一直在這裡工作嗎？」

「下午，筆會開理事會。」

「一聽到筆會，」妻的臉蒙上一層陰影，「我就想起加納。」

「是呀。最後一次見到他也是理事會結束之後。」

勝呂跟往常一樣，和妻繼續交談，夫婦重複相同的話題，心想這齣戲要演到什麼時候呢？小針要是把照片賣給雜誌社，散播到社會上時，該如何向妻說明呢？

當然，他已下定決心。他知道最後妻不可能不原諒自己，可是到最後的結果產生為止，他必定會看到妻的驚嚇、受傷害、忍受痛苦等，那將是多麼難堪的事？而那時候要怎麼向妻說呢？

「上一次在義工講習會中聽到奇妙的話，是看護瀕死患者的故事。」

他假裝看郵件，整個身體都變得僵硬；妻說不定和成瀨夫人談過話，他感到不安。

「護理長出席了會議，聽她說，到現在為止有好多人死了又活過來。」

「是嗎？」

「聽說那些人都有很類似的經驗。他們在死亡之前都非常痛苦，然後清楚記得自己離開自己的肉體，也看到家人圍在自己的遺體四周哭泣，以及醫生檢查心臟的病房情景。」

「這樣啊？」

勝呂笑了，有點愚弄的味道。這種話他聽過好多次，可能是當事人醒過來之後，把幻覺和體驗混在一起。

「死後，聽說會被一種無法形容的橙色光包圍，還能感受到被光照射的自己，聽說光很柔和。」

他沒有回答，想起雪中看到的光，是橙色的光，在光的照射下，他感到一種說不出的寧靜；可是，他沒把那件事告訴妻。

「活過來的女患者說，在光中她確信自己深深被愛著。」

「被誰？」

「被那光深處的神。」

「妳見過成瀨太太嗎？」

「沒有。她不是一直都在醫院裡的。」

從大量郵件中抽出必要的帶入自己的小書齋。小檯鐘發出輕微的聲響，在筆筒中的鉛筆和原子筆靜靜地等著他在桌前坐下，只有這裡是他唯一可以露出誰也沒見過的臉。

勝呂抽出印著自己名字和地址的信紙，寫信給成瀨夫人。

「那天晚上，因為妳突然回去，我無法告訴妳後來的心情。所以，我才寫這封信，也想藉寫信整理一下混亂的情緒，的確妳對我……」

寫了一段，再唸一次，撕掉了。他發現即使寫信也平靜不了混亂的情緒。他拿出別的信紙，再一次思考，他不知這心情要向誰吐露？

「加納……」

勝呂寫下死去的友人名字取代成瀨夫人。

我不知你現在在哪裡，雖然不知，有一天我也會到那裡去的。所以寫下這封永遠無法投遞的信。

我不知衰弱原來是這麼一回事。和你們在目黑區交談的年輕時代，還有壯年時代我都很樂觀，也一直以為老年就像從爬上去的丘陵靜靜地看沐浴在午後溫和陽光下的平原，至少在自己的人生和文學能產生類似信心的東西。

可是今年的冬季，連續聽到死亡的跫音後，勝呂清楚知道衰老是什麼。衰弱至少對我來說不是不惑、清澄、圓熟，而是醜惡，像惡夢似地。面對死亡是欺騙不了，也無可逃之處。

年老，逐漸呈露出連自己也不知道的自己；不認識的自己在夢中出現，在幻覺中出現，你為我擔心的假冒的我——不，已開始成為另一個我，那是連對妻也說不得的醜惡的我的靈魂……絕不是你在頒獎典禮時所說的那麼偉大的形象。

從前曾在某書上看過：青年時人因肉體而生，中年時因智慧而活，老年時因要到下一個世界而活。一般說來，人越老對下一個世界的投影就越敏感；而現在展現在我面前的醜惡世界，是否也是要到下一個世界的「通過儀禮」呢？

醜惡的世界要教我什麼呢？我完全不知道。我微小的希望是：光是否也能照射到這醜惡的世界來呢？

死亡之前從你的背部看來極為疲倦。雖然你沒告訴我，或許你的心情也一樣很混亂，也掉入不安的漩渦中掙扎著。在你遺容的眉間有著痛苦的陰影，那是什麼呢？

下午，到T會館參加筆會的理事會。勝呂和加納不同，很少出席這理事會；看到友人的死，心想為了故人也不該缺席。到達時會已經開始了，正在報告出席聖地牙哥筆會，和外國文學家會議的情況，聽報告的理事當中，當然找不到加納的影子。

「在分科會上，約翰尼斯堡殘殺黑人的問題成為討論的焦點……事實上黑人被捕，」

聽著外國文學家的說明，勝呂心想小針可能已把那照片拿到某家出版社。

眼前宛如看到「天主教作家帶女中學生到賓館」這樣的標題要是下星期被公開出來，理事們會是何種表情？裝作不知道，或是勸他退會呢？

「決定抗議拷問，殘殺黑人……日本也採取同一步調……。」

勝呂想起成瀨夫人和丈夫之間的性生活。自己和殘殺者又有何不同？內心也有著同樣的慾望，怎麼說得出絕對不會呢？即使天真的小孩心中也隱藏著虐待無抵抗能力者的慾望。日本到處有小孩對柔弱同學妄加私刑的事件發生。

「勝呂先生您反對嗎？」

突然間被問到，他慌忙地問：

「什麼事呢？」

「贊成的話請舉手。」

「好。」

勝呂舉起手，心中卻嘟噥著：「偽善者！你還想騙人，也騙自己嗎？」他站起來，做出要上廁所的樣子，走出房間，用洗手台的水洗臉，映在鏡中的是衰老的臉。

「這一陣子沒有電話騷擾了。」

上床後，妻從穿著的西式女睡衣中伸出手，關掉床頭燈，想起來似地說。

「電話？」

「三更半夜打來的電話。」

勝呂閉上眼睛。

「說不定還會再打來。」

妻沒再接下去說，不到一會兒就聽到平穩的呼吸聲。那呼吸聲像是勝呂無法闖入的世界之旋律。這個女子死的時候可能也像睡著般停止呼吸。

他常常無法馬上入睡，在閉上的眼中有白色的東西出現。白點渲染開來似地逐漸擴大，最後變成光線，那是照射在飛舞的雪花上，包圍他的橙色光，這到底是什麼呢？難道是無數的雪形成的錯覺嗎……他睡著了。

夢中，他弓著背在工作。黑暗的書齋，桌上的鐘發出規律的聲音。只有這裡才是休憩的場所。

「是呀！」他聽到妻的聲音。「比起在我身旁，你更喜歡那裡。」

他站起來想打開門和妻辯解，妻已知道他心中祕密。

「妳說什麼蠢話！」

門關得很緊，雖然用整個身體去推，還是紋風不動。

「在那裡也無所謂，我並沒生氣呀。是啊，那裡是您母親的肚子裡，在那裡您才能安心呀！」

聽到這些話，他才意識到原來這房間是母親的胎內，不錯，的確是母胎，他點點頭。從前他聽到的桌上的鐘聲原來是自己心臟的鼓動聲，而房間的陰暗與潮濕是胎內的黑暗與羊水的緣故。他想起孩提時代穿著浮袋躺在海上時的感覺，而現在浮在羊水裡，吸收那白色液體，想起自己睡了好久，好久。以整個身子體會，享受到受保護的舒適感覺，又逐漸有了睡意。過了一陣子……

「醒醒，」突然傳來妻的聲音。「請起來了呀！」

從未聽過妻如此急迫而強烈的聲音。

「你現在要出生呀！要從那裡被推到外面的世界。」

身體仍然覺得非常疲倦，還不想動，但是羊水已開始用力推，開始動起來的羊水力量又增加了，有一種令人窒息的感覺，他感到害怕。

「起來呀！到出口去，」又聽到妻的喊叫聲。「到外面去，留在那裡會變成死胎。」

他恐懼地掙扎著，糞尿都排泄出來，沾滿全身，頭拚命往子宮口擠。這時，想回到剛剛在子宮中熟睡的感覺，與這感覺相對抗的意識混在一起，有一股力量抓住他的腳要把他拉回子宮睡覺，另一股力量想把他推到外面去。

「我怎麼了？」

他醒過來問。

「你大聲喊叫……到底是怎麼回事？」

「沒什麼。」勝呂感到脖子都濕了，「作了夢呀？」

「我嚇一跳！我去倒杯水來。」

「不，不用了。」

夢中的記憶還很鮮明，掙扎的恐怖感，彷彿看到從子宮照射進來的光線。

這就是東野所說的人出生時的情景啊，在子宮中是那麼可怕？顯然多少受了東野的影響吧！

在羊水裡的熟睡，那是一種無可言喻的安心與快感的睡眠！勝呂知道即使離開那兒，還想再回去。因此，即使是白天，在微暗的小房間工作時聽鐘聲的滴答，就會產生一種說不出的安全感。每一個人內心深處都隱藏著想回到那熟睡狀態與享受那快感的慾望。

這時，宛如受到某種暗示似地眼前現出糸井素子的表情，那是嘴巴半張開，舌頭蠕動著的臉；是完全陶醉的臉！那正是回到子宮，浸泡在汙穢的羊水中的慾望。因此，他才像被羊水弄髒似地渴望被蠟油沾身；而我不也一方面感到死亡的接近，同時還想再一次體驗在子宮內的恐怖感嗎？捏緊蜜的脖子是希望在子宮中安然熟睡的我，與無論如何非走出子宮的我格鬥產生的情形嗎？人體驗到死亡的滋味有兩次，一次是從子宮出來時，一次是年紀大要離開這世界時。

而從子宮中看到的迎接他的光——他把照射在無數飛舞的雪花，和包圍自己的光，跟那光重疊在一起——是不久之後要踏入的下一個世界的光嗎……。

妻從編織物中抬起頭來注視著丈夫說：

「我現在……可以問你嗎？」

「什麼事？」

「你不是還有一些沒和我說的話嗎？」

「沒有呀！」

「坦白說好了，沒關係的。都已經這把年紀了，我不會吃驚的。」

「沒事的，不用擔心。」

妻好像看穿勝呂似地，眼光並未馬上移開，過一會兒才露出作罷的微笑。在長久的歲月中，她對丈夫是小說家的身分已經習慣，她分寸拿捏得準，深知也有自己不宜干涉的界限。從勝呂眼中，她雖然無法瞭解事情的真相，可是早就看出今年冬季丈夫為某件事所苦。

勝呂突然覺得妻是不幸的，非常不幸，不由得把已經衝到喉頭的告白像吃藥似地又吞下去。說出來也於事無補，那是妻無能為力的複雜問題，纏繞他的不是因他是小說家，而是人的宿題。他知道那照片被公布之後遲早會真相大白，那時他不知該如何向她說明，想到這裡不由得黯然。

栗本打來電話。

「今天，您有時間嗎？」

「是稿子的事？」

「不是，」栗本的聲音很緊張，「社長想直接和您見面……什麼時候方便？」

「社長？」直覺地知道是為了那件事。「今天可以是可以，不過，我個人也有點事想和社長談，我去拜訪他好了。」

掛斷電話後，腦中浮現出社長巨大的軀體和大大的臉。本來是大學醫學院的副教授，出版界重鎮的岳父因腦溢血倒下後，才轉進領域完全不同的世界。栗本等年輕社員非常尊敬這位社長。

這是這兩星期來下的決心，切斷電話後，心裡反而踏實。換上外出服後，叫了輛無線計程車。

出版社的櫃台可能已經接到吩咐了，出來迎接他的不是栗本，而是祕書課的女職員，很客氣地鞠躬，帶他搭電梯。

帶他到大房間後，女職員又很客氣地行禮後離開，坐在沙發上的勝呂瀏覽壁上掛著的魯奧（註：Georges Rouault，一八七一～一九五八。法國野獸派畫家）的大幅畫。是聖經裡說到的某村子？或是法國的鄉村？用布包著頭的三、四個農婦站在路上，路的兩旁是油漆剝落，看來寒傖的農家並列著，有夕陽落在地平線上的是魯奧獨特的畫，一看就知道農婦和油漆剝落的房子象徵人生，夕陽象徵神的恩寵，溫和的人哪！勝呂從那幅畫感受到那位老傳教士的世界，妻的世界，距離他從窺視孔中看到的另一個世界是太遙遠了。縱使夕陽餘暉照射在溫柔的農婦身上，但是成瀨夫人和自己的世界……。

聽到敲門聲，進來的是社長和總編輯星井。社長用手示意勝呂不用站起來，自己坐到對面的沙發上，星井恭敬地坐在旁邊。

「在這麼冷的日子勞駕您來真是抱歉。」

從女社員端茶進來到退出房間為止，社長故意笑著說出版界不景氣的事，等到剩下三人的時候說：

「事實上，勞駕您來是……」

沒有馬上接下去說。

果然不出所料。

「那個採訪記者拿了您的照片來……說準備寫篇報導。剛開始是星井接待他，可是他表明要來跟我談。」

厚厚的兩隻手交叉著放在膝上，社長故意把視線移向別處，避免瞧見勝呂的狼狽像，儘管如此，勝呂仍然像等候宣告動大手術時的心情聽社長說話。

「本社出版了很多您的書，要是這種照片破壞您的形象，這樣，以後對您和本社都會有不良的影響，因此我以對方開的價錢買下那照片和底片。」

勝呂不知要做出何種反應才好，只有點點頭。

「要那個採訪記者答應不再洩漏出去之後，由星井和我把照片和底片燒毀了。」

社長沉默了一下，放在膝上的雙手摩擦了幾下，似乎在尋找下一句話。

「我想事情到此已經告一段落。」

「謝謝您。」

「這件事除了我與星井之外，連負責協助您的栗本在內都不知道。」

勝呂深深地點頭致謝。

「奇怪的謠言要是傳開來就麻煩……」

社長到此結束這話題，改變話題閒聊了三、五分鐘之後：

「把一切忘掉吧！」

對方先起立，不想讓勝呂感到難堪，顧慮得極周到。總編輯星井還送他到電梯口，小聲地說：

「請放心！」

走出外面，覺得好冷。雖然已是春天，天空仍然陰沉，了無生氣，是個寒冷的下午。心想妻的關節可能又痛了吧！排出廢氣的成列汽車，尚未吐芽的街樹，汽車爐和電爐的大拍賣，一切如常。沒想到是以這種結果落幕，可是心裡並沒有已獲救的感覺。照片和底片被燒掉了，可是那個男人並未被燒死，他仍然活在勝呂心中，又浮現出輕蔑的微笑。

男人和勝呂以往所寫的「罪」沒有任何關係。罪有它的界限，雖然也包含救贖，但是勝呂和那個男人成為一體，在大旅館體驗到的衝動並無界限。勝呂還記得很清楚非到極端、終點不可的激情，不但汙穢了蜜的身體，最後還想掐緊蜜的脖子。

他經過花店前面，店內擺滿象徵春天已近的雪柳和連翹花，花香一直飄到店外。隔壁咖啡廳的大玻璃窗內側有三、四個年輕小姐，圍著桌子似乎談得很融洽。其中一人發現到勝呂，就告訴旁邊的朋友。勝呂心想反正她們也不知他的底細，就回她一個微笑。

星期日。

因為是復活節後的星期日，教堂裡的人比平常多。祭壇背後，削瘦的那個人張開雙手，低著頭。毫無抵抗力的那人滿身是血，拖曳著腳步，走向刑場時，挨罵，被丟石頭，看到他痛苦的樣子，產生快感的群眾——勝呂從未想過這些群眾。要是那時候自己也在場，也對那個人丟石頭，看到他痛苦的樣子，不敢說自己絕對不會產生快感。

下午，到寫作坊，到代代木公園找蜜。穿著像韓國服裝的少女們圍成圈子跳舞，把頭髮染成金色、豎起如雞冠般的少年們，戴著墨鏡，得意洋洋地東逛西晃。看熱鬧的群眾聚在天橋上觀看這奇怪的舞蹈。在人群和賣物攤旁，看不到蜜的影子。

念頭一轉，心想或許她在醫院也說不定。年紀大的關係，懶得再走路，走到車站叫了一輛車子，繞了一圈在醫院附近下車。

星期天醫院的藥局前，和候診室裡看不到患者，也沒有探病的訪客。在椅子上坐了一會兒，呆望著從窗戶射進來的冬陽。

不知哪裡傳來嬰兒的哭泣聲。可能是在小兒科病房哭的吧，可是小兒科病房不可能在一樓呀！戴著眼鏡的中年護士走進大門，環顧室內，看到呆呆坐著的勝呂，很驚訝地問：

「您是勝呂先生？」

回答是的。

「您來探望誰？我是護理長藤田。」

「啊！」他急忙打招呼。「內人也加入義工群……」

「您太太很熱心，」護理長笑了，「有什麼貴事呢？」

「沒有。來看看叫森田蜜的女孩有沒有到這裡來？」

「啊！是阿蜜。不知今天是否來了。」護理長似乎聽說過蜜的事，「聽說在貴府工讀。我幫您去問內科病房的護理站看看。」

「不用了，我自己去問。」

護士長為他按了電梯的按鈕。

「聽到一些奇怪的事。」在電梯裡為了打發兩人之間的尷尬故意找話題。「上次聽內人說，從護理長您這兒聽說有患者死後復活。失去意識的人，是否大家都有相同的體驗。」

「哎唉！」護理長不好意思地笑了。「您太太連那樣的事也對您說呀？我只是閒聊罷了。」

電梯停在三樓。「吱——」的聲音，使他想起那家旅館的電梯。

「是真的嗎？」

「您應該瞭解得更清楚呀！不過，那患者是這麼說的。」

「聽說被光包圍……是真的嗎？」

「這個嘛，」護理長疑惑似地說：「是真是假，我就不知道了。」

「成瀨太太還好嗎？」

「最近都沒來。」

看護理長替他問了護理站的年輕護士，回答是少女沒來。

道了謝，又下到一樓來，坐在候診室的椅子上，想起夫人在四樓充滿愛心幫助小孩做復健工作，說童話故事給小孩聽的神情。

勝呂看到壁上貼著護校的招生廣告時，心想讓蜜去念好了！要是她有心去念，一定幫她忙。

晚上，他把這念頭告訴妻。

「我很贊成，」妻在隔壁床鋪上回答。「你倒是想到了好主意。很適合蜜的個性，不過成瀨太太是否會贊成呢？」

「大概不會反對吧！」

他關掉床頭燈。

半夜，遠處的電話鈴聲吵醒了他。鈴聲一直響個不停，是在呼叫他，醒過來的妻也聽著……。

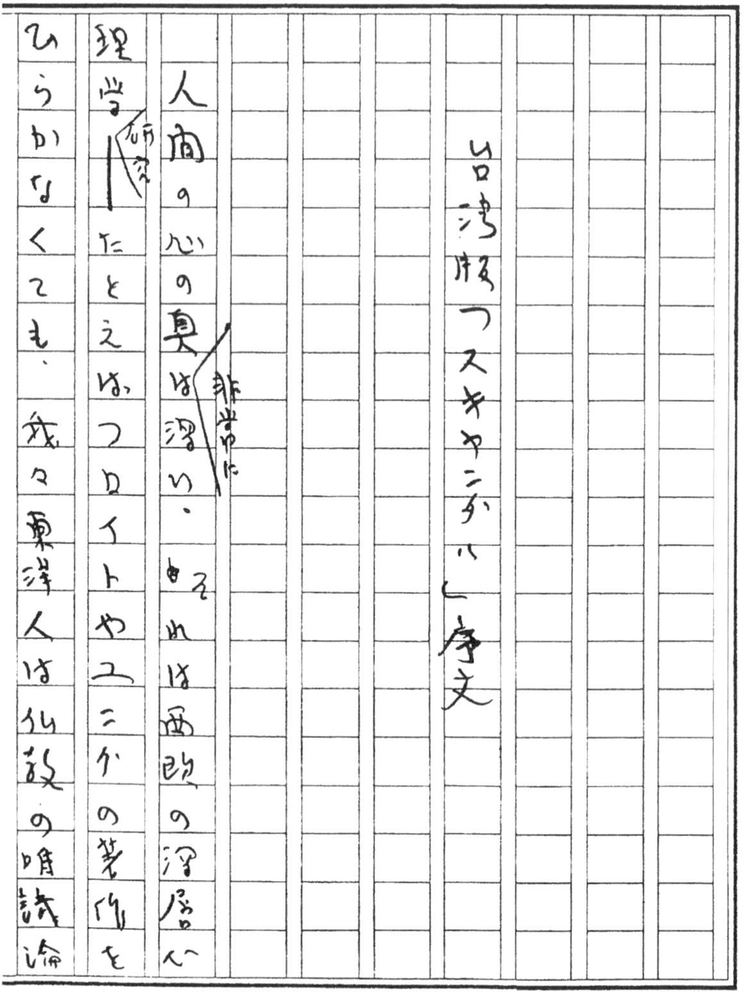

台湾版「スキャンダル」序文

人間の心の奥は非常に深い。それは西欧の深層心

理学研究たとえばフロイトやユングの著作を

ひらかなくても、我々東洋人は仏教の唯識論

▲遠藤周作自序手稿

か五千年の時代から人間の心を深く分析した
ことを知っている。
　西欧諸国の現代心理学とおなじように、仏教唯識論
は今の我々が無意識、下意識と称するものを
アラヤ識とよぶ。そしてそのアラヤ識
には前世現在の我々の行為がうんだ無数の
種が溜まりて潜伏し、その種が我々に
次々と罪障ある行為を行わせる原因となりつ
つあるのだと仏教は教えている。
　その教えが正しいか、どうかは問題外とし、あ

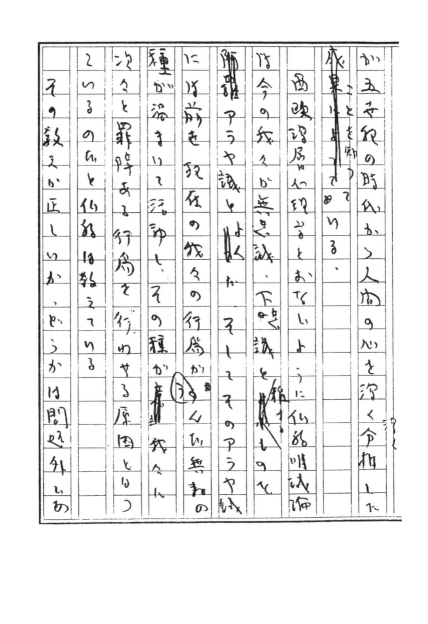

る。いつわりなき人間の心がどんなに深く重層的であるかは仏語も西欧深層心理学もひとしく教えているのである。

「スキャンダル」はそうした人間の心の奥底を覗いてみようとした作品である。深い洞穴を覗いた時のように暗く光の届かぬこの暗い世界を探ろうとした小説である。

しかしこの作品は今までの私の小説とは作風をまったく違えるものとなった。推理小説風な手法をとったのが、それは刑事が犯人を探すような主人公が「もう一人の自分」を探しちかうにほかならない。
　「もう一人の自分」。どんな人間も社会生活や家庭生活でみせている自分のほかにもう一人の自分を持っている。そのため彼の友人も家族も知らない「自分」である。ひょっとすると彼自身も意識しない「自分」かもしれない。
　社会や家庭でみせている自分と「もう一人の自分」とはどちらが本当であり、本物なのだろう。おそらくどちらも彼自身なのだからを探すように「他人」が「もう一人の自分」を探しちかうにほかならない。
「もう一人の自分」、どんな人間も社会生活や家庭生活においてみせている自分のほかにもう一人の自分を持っている。それは彼や友人も家族も知らない「自分」である。ひょっとすると彼自身も意識しない「自分」かもしれない。
　社会や家庭でみせている自分と　もう一人の自分とはどちらが本当であり、本物なのだろう。おそらく、どちらも彼自身なのだから

とおもう、

そしてこの小説が今度も尊敬する友人である林水福氏の御手によって訳されたことを私は無上の悦びとするのである

遠藤周作

遠藤周作年表

一九二三年　大正十二年

三月二十七日，生於東京市巢鴨，父常久，母郁子，上有長兄正介。其時，父服務於安田銀行（現為富士銀行），母係上野音樂學校（現為東京藝術大學）小提琴科學生，與安藤幸（幸田露伴之妹）同受教於莫基雷夫斯基。

一九二六年　昭和元年・大正十五年　三歲

父調職，遂舉家遷往大連。昭和四年入大連市大廣場小學，成績較長兄為劣。寒冬中，目睹母終日練小提琴，手指出血，大受感動且瞭解藝術之艱辛。

一九三三年　昭和八年　十歲

父母離異，遠藤隨母返日，轉入神戶六甲小學。姨母係虔誠之天主教徒，常帶遠藤上西宮市之夙川教會。

一九三四年　昭和九年　十一歲

於復活節受洗，聖名保羅。

一九三五年　昭和十年　十二歲

六甲小學畢業，入私立灘中學（現為灘高中）。同學中有楠本憲吉。嗜讀十返舍一九之《東海道中膝栗毛》。

一九四〇年　昭和十五年　十七歲

自灘中學畢業。

一九四三年　昭和十八年　二十歲

重考三次均名落孫山，第四年始考入慶應大學文學部預科。因違背父意，執意入文學部，被斷絕父子關係，寄居友人利光松男家，半工半讀。後搬入學生宿舍，受舍監哲學家吉滿義彥氏影響，閱讀馬利坦作品，又受友人松井慶訓之影響，閱讀里爾克（Rilke）作品。因吉滿之介紹得識龜井勝一郎，翌年訪堀辰雄。

一九四五年　昭和二十年　二十二歲

徵兵體檢為第一乙種體位，然因罹患急性肋膜炎遂延期入伍，一直到大戰結束皆未入伍。四月，入慶應大學文學部法文系，受教於佐藤朔。閱讀摩略克、貝爾納諾期等法國現代天主教文學。上一屆學長中有安岡章太郎。次年回到父親身旁。

一九四七年　昭和二十二年　二十四歲

隨筆〈諸神與神〉受神西清賞識，刊登於《四季》第五號。同月，評論〈天主教作家之問題〉發表於《三田文學》。

一九四八年　昭和二十三年　二十五歲

因神西清推薦，評論〈堀辰雄論備忘錄〉刊登於《高原》三、七、十月號。

一九四九年　昭和二十四年　二十六歲

三月，自慶應大學法文系畢業。五月，發表評論〈神西清〉（《三田文學》）、〈傑克·里威爾——其宗教之苦惱〉（《高原》）。六月，因佐藤朔介紹，成為鎌倉文庫特約撰稿人；後公司經營不善，宣告破產。後入其兄服務過之天主教文摘社。成為《三田文學》同人（會員），得識丸岡明、原民喜、山本健吉、柴田錬三郎、堀田善衛等。

一九五〇年　昭和二十五年　二十七歲

一月，發表評論〈佛蘭索瓦．摩略克〉於《近代文學》。六月五日以戰後第一批留學生身分赴法留學，研究法國現代天主教文學。十月，入里昂大學，受教於巴第教授門下。在里昂兩年半期間，因三田學長大久保房男的好意，於《群像》發表〈戀愛與法國大學生〉等有關法國學生生活隨筆數篇。

一九五一年　昭和二十六年　二十八歲

三月於里昂接到原民喜自殺的訃聞，夏季，為求理解摩略克作品《提列茲．蒂斯凱爾》，到該書背景的蘭德旅行。

一九五二年　昭和二十七年　二十九歲

一月發表〈追尋提列茲之影——給武田泰淳氏〉（《三田文學》27．1）

一九五三年　昭和二十八年　三十歲

轉往巴黎，病發，入裘爾坦醫院就醫，一直未康復，二月搭赤城丸返日。五月，發表〈原民喜與夢幻少女〉（《三田文學》）。七月，發表〈留法日記〉（《近代文學》八～十、十二月號）。八月，出版第一本書《法國的大學生》（早川書房）。

一九五四年　昭和二十九年　三十一歲

四月，任文化學院講師。透過安岡章太郎的介紹與谷田昌平加入「構想之會」，結識吉行淳之介、庄野潤三、遠藤啟太郎、三浦朱門、進藤純孝、小島信夫等。又接受奧野健男的建議加入《現代評論》，於六月創刊號發表〈馬爾奇．特．沙德評傳一〉。不久，與服部達、村松剛提倡形而上批評。十一月於《三田文學》發表第一篇小說〈到雅典〉。該年母郁子逝世。

一九五五年　昭和三十年　三十二歲

〈白人〉發表於《近代文學》（五、六月號），七月該小說獲第三十三屆（昭和三十年度上半期）芥川獎。九月，與岡田幸三郎氏長女順子結婚。十一月，發表〈黃色人種〉

（《群像》）。

一九五六年　昭和三十一年　三十三歲

六月，長男誕生，為紀念獲芥川獎而命名為龍之介。十一月，出版評論集《神與惡魔》（現代文藝社）。十二月，出版《綠色小葡萄》。該年受聘為上智大學文學部講師。

一九五七年　昭和三十二年　三十四歲

〈海與毒藥〉發表於《文學界》（六、八、十月號）。十月，出版《想戀與相愛》（實業之日本社）。

一九五八年　昭和三十三年　三十五歲

三月，出版短篇小說集《月光之假面舞面》（東京創元社）。四月，出版《海與毒藥》（文藝春秋社）。九月底，與伊藤整、野間宏、加藤周一、三宅艷子、中川正文等出席亞洲作家會議，回程繞到蘇俄，於十一月返日。十二月，《海與毒藥》獲第五屆新潮社獎、第十二屆每日出版文化獎。是年起至翌年止，於成城大學講授法國文學論。

一九五九年　昭和三十四年　三十六歲

十月，出版《傻瓜先生》（中央公論社），為蒐集沙德資料，偕夫人渡法，會見沙德專家吉爾貝爾．列李伊、比耶爾．庫洛索斯基，繞英、法、義、希臘、耶路撒冷，於翌年一月返日。

一九六〇年　昭和三十五年　三十七歲

返日後，結核病復發，入「東大傳研醫院」，年底轉慶應醫院。八月，出版《新銳作家叢書6．遠藤周作集》（筑摩書房）。九月，出版《火山》（文藝春秋新社）。六月，發表〈絲瓜君〉（《河北新報及其他》）連載至十二月。十二月，出版《聖經中的女性們》（角川書店）。

一九六一年　昭和三十六年　三十八歲

五月，出版《絲瓜君》（新潮社）。該年病情惡化，肺部動過三次手術。

一九六二年　昭和三十七年　三十九歲

七月出院，體力仍未恢復，僅發表少數短文。九月，出版《安岡章太郎．遠藤周作集》（《昭和文學全集20》，角川書店）、《遠藤周作集》（《長篇小說全集33》，講談社）。

一九六三年　昭和三十八年　四十歲

一月，發表〈男人與八哥〉（《文學界》）、〈前一天〉（《新潮》）、〈童話〉（《群像》）。八月，發表〈我的東西〉（《群像》）。十月，發表〈雜樹林中的醫院〉（《世界》）。十一月，發表〈十字路口的揭示板〉（《新潮》）。該年，由駒場遷至町田市玉川學園，新居命名為「狐狸庵」，之後號「狐狸庵山人」。

一九六四年　昭和三十九年　四十一歲

二月，發表〈四十歲的男人〉（《群像》）。三月，出版《我．拋棄了的．女人》（文藝春秋新社）及《遠藤周作．小島信夫集》（《新日本文學全集9》，集英社）。七月，出版《絲瓜君》（東方社）。九月，發表〈歸鄉〉（《群像》）。十月，出版《一．二．三！》（中央公論社）。

一九六五年　昭和四十年　四十二歲

一月，發表〈大病房〉（《新潮》）及〈雲仙〉（《世界》）。六月，出版《狐狸庵閒話》（桃源社）、《留學》（文藝春秋新社）。十月，出版《哀歌》（講談社）。該年，為新潮社撰寫長篇小說取材，與三浦朱門數度遊長崎、平戶。

一九六六年　昭和四十一年　四十三歲

三月，出版《沉默》（新潮社）。五月，發表戲劇〈黃金國〉（《文藝》），出版《遠藤周作集》（《現代之文學37》，河出書房）。十月，發表〈雜種狗〉（《群像》）、《協奏天曲》（講談社）。《沉默》獲第二屆谷崎潤一郎獎。該年起任成城大學講師三年，講授「小說論」。

一九六七年　昭和四十二年　四十四歲

一月，發表〈化妝後的男人〉（《新潮》）、出版《福永武彥・遠藤周作集》（《我們的文學10》，講談社）。五月，當選日本文藝家協會理事。出版《吊兒郎當生活入門》（未央書房）、《切支丹時代的知識分子——叛教與殉教》（三浦朱門合著，日本經濟新聞社）。七月，發表〈如果〉（《文學界》）、〈塵土〉（《季刊藝術》）。八月，受好友葡萄牙大使阿爾曼特．馬爾提斯之招待訪葡，獲頒騎士勳章。

一九六八年　昭和四十三年　四十五歲

一月，發表〈影子〉（《新潮》）、〈六日之旅〉（《群像》）。二月，發表〈名叫優麗亞的女子〉（《文藝春秋》）。三月，出版《堀田善衛．遠藤周作．阿川弘之．大江健三郎集》（《現代文學大系61》，筑摩書房）。八月，發表〈暖春的黃昏〉（《中央公論》）。九月，出版《有島武郎．椎名麟三．遠藤周作集》（《日本短篇文學全集21》，筑摩書房）。十一月，出版《影子》（新潮社）。該年，任《三田文學》總編輯，任期一年。

一九六九年　昭和四十四年　四十六歲

一月，發表〈母親〉（《新潮》）。為新潮社準備長篇小說，前往以色列、羅馬，二月返日。二月，發表〈小鎮上〉（《群像》），出版《遠藤周作集》（新潮日本文學56，新潮社）。四月，出版《遠藤周作集》（大光社），應美國國務院之邀赴美，五月返日。八月，出版《不得了》（新潮社）、《中村真一郎・福永武彥・遠藤周作集》（中央公論社）、《遠藤周作幽默小說集》（講談社）。十一月，發表〈學生〉（《群像》）、〈加里肋亞的春天〉（《群像》）。

一九七〇年　昭和四十五年　四十七歲

二月，出版《遠藤周作怪奇小說集》（講談社）。四月，與矢代靜一、阪田寬夫、井上洋治前往以色列，五月返日。十月，發表〈巡禮〉（《群像》）。

一九七一年　昭和四十六年　四十八歲

一月，出版《切支丹的故鄉》（人文書院）。五月，出版《母親》（新潮社）。九月，出版《遠藤周作》（《現代的文學20》，講談社）。十月，出版《埋沒的古城》（新潮社）。十一月，出版《遠藤周作劇本集》（講談社）。該年，獲羅馬教廷頒贈西貝斯特理勳章。

一九七二年　昭和四十七年　四十九歲

一月，發表〈僕人〉（《文藝春秋》）。三月，出版《現在是流浪漢》（講談社）、《狐狸庵雜記》（每日新聞社）。為晉見羅馬教宗，與三浦朱門、曾野綾子訪羅馬；為完成《死海之畔》前往以色列，四月返日。十月，出版《吊兒郎當人類學》（講談社）；任文藝家協會常務理事。該年，《海與毒藥》英譯本出版；《沉默》在瑞典、挪威、法國、荷蘭、西班牙等國翻譯出版。

一九七三年　昭和四十八年　五十歲

一月，出版《狐型狸型》（番町書房）。四月，出版《吊兒郎當愛情學》（講談社）。六月，出版《死海之畔》（新潮社）。九月，出版《湄南河的日本人》（新潮社）。十月，發表〈手指〉（《文藝》），出版《耶穌的生涯》（新潮社）。十一月，出版《遠藤周作第二幽默小說集》。十二月，出版《吊兒郎當怠談》（每日新聞社）。

一九七四年　昭和四十九年　五十一歲

一月，出版《吊兒郎當好奇學》（講談社）、《小丑之歌》（新潮社）。七月，《遠藤周作文庫》（共五十一冊，新潮社）開始發行。十月，出版《喜劇新四谷怪談》（新潮社）、《最後的殉教者》（講談社）。為新潮社的長篇小說取材，前往墨西哥，同月返日。

一九七五年　昭和五十年　五十二歲

二月，出版《遠藤周作文學全集》（全十一卷，新潮社），至十二月出齊；接受日航招待，與北杜夫、阿川弘之遊歐，同月返日。八月，出版《遠藤周作推理小說集》（講談社）。

一九七六年　昭和五十一年　五十三歲

四月，發表〈聖母頌〉（《文學界》）。六月，為《鐵之枷鎖——小西行長傳》取材，前往韓國，同月返日。七月，出版《我的耶穌——為日本人而寫的聖經入門》（祥傳社）。九月，應日本學會之邀前往美國，於紐約舉行演講。繞道洛杉機、舊金山，於同月返日。

一九七七年　昭和五十二年　五十四歲
一月，任芥川獎審查委員。四月，出版《鐵之枷鎖——小西行長傳》（中央公論社）。
五月，出版《走馬燈——他們的人生》（每日新聞社）。

一九七八年　昭和五十三年　五十五歲
四月，以《耶穌的生涯》獲國際達克・哈瑪紹爾特獎。七月，出版《基督的誕生》（新潮社），該年，義大利翻譯《耶穌的生涯》，波蘭翻譯《我・拋棄了的・女人》，英國翻譯《火山》出版。

一九七九年　昭和五十四年　五十六歲
二月，《基督的誕生》獲讀賣文學獎。為《山田長政》一書取材，前往泰國，同月返日。三月，搭伊莉莎白皇后號郵輪訪大連，同月返日。四月，出版《槍與十字架》（中央公論社）。該年，獲日本藝術院獎。

一九八〇年　昭和五十五年　五十七歲

四月，出版《武士》（新潮社）。五月，率劇團「樹座」赴紐約。九月，出版《作家的日記》（作品社）。十二月，出版《正午的惡魔》（新潮社）。《武士》獲野間文藝獎。

一九八一年　昭和五十六年　五十八歲

四月，出版《王國之道——山田長政》（平凡社）。六月，發表〈頒獎之夜〉（《海》）。該年獲選聘為藝術院會員。

一九八二年　昭和五十七年　五十九歲

一月，出版《女人的一生1》。三月，出版《女人的一生2》（朝日新聞社）。四月，英國翻譯《武士》出版。十一月，出版《冬之溫柔》（文化出版局）。

一九八三年　昭和五十八年　六十歲

四月，發表〈六十歲的男人〉（《群像》），出版《惡魔的午後》（講談社）。六月，出版《對我而言神是什麼》（光文社）。八月，出版《多讀書、多遊玩》（小學館）、《遇見耶穌的女人們》（講談社）。

一九八四年　昭和五十九年　六十一歲

九月，出版《活生生的學校》（文藝春秋社）。英國翻譯出版短篇小說集（〈四十歲的男人〉等十篇）。

一九八五年　昭和六十年　六十二歲

四月，往英國、瑞典、芬蘭旅行，於倫敦某飯店偶遇格雷安．葛林，相談甚歡。六月，當選日本筆會第十任會長。赴美，往聖．克拉拉大學接受榮譽博士學位。七月，出版《我喜愛的小說》（新潮社）。十月，出版《追尋真正的我》（海龍社）。十二月，出版《宿敵》（上／下）（角川書店）。

一九八六年　昭和六十一年　六十三歲

一月，出版《心之夜想曲》（文藝春秋）。三月，出版《醜聞》（新潮社）。五月，率劇團「樹座」赴倫敦第二次海外公演，上演《蝴蝶夫人》。十一月八日，應台灣輔仁大學外語學院之邀蒞台，於「第一屆國際文學與宗教會議」中演講，同月十二日返日。《母親》、《影子》中譯本出版。

一九八七年　昭和六十二年　六十四歲

一月，辭去芥川獎評審委員工作。二月，出版《我想念的人》（講談社）。五月，遠赴美國，獲頒喬治大學名譽博士學位，同月歸國。十月，應韓國文化院之邀訪韓，會晤作家尹興吉，同月歸國。十一月，攜妻參加《沉默》之舞台，長崎外海町的「沉默之碑」揭幕典禮，碑上刻有「主啊！人類是如此悲哀，大海卻異常蔚藍。」十二月，遷居目黑區中町，出版《像妖女般》（講談社）。該年，日本筆會會長改選，遠藤先生蟬連。加賀乙彥受洗時，遠藤當他的教父。

一九八八年　昭和六十三年　六十五歲

一月，於《讀賣新聞》連載以戰國新史料《武功夜話》為資料的戰國三部曲開端〈反逆〉，直到隔年二月。《武功夜話》於一九八七年由新人物往來社出版（全・四卷・補卷一），遠藤讀後，拜訪其舞台愛知縣江南市舊前野村，及附近木會川川筋眾的故鄉，此後，木會川便成為遠藤晚年心中眷戀之地。四月，與夫人同赴倫敦，同月歸國。六月，安岡章太郎受洗時，成為其教父。八月，以日本筆會會長身分出席國際筆會的漢城大會，九月歸國。十一月，夫妻一同參加於《反逆》登場的遠藤母親之遠祖（戰國竹井一族）的出生地——岡山縣小田郡美星町（中世夢原）——「血之故鄉」石碑的揭幕典禮。英國彼得歐文出版社出版《醜聞》。

一九八九年　昭和六十四年·平成元年　六十六歲

四月，辭去日本筆會會長。前往北琵琶湖清水谷及小谷城尋找歷史小說的題材，「湖北之春」銘記心中。十二月，父常久過世（九十三歲）。雖一直無法原諒拋棄母親的父親，但最後還是體諒父親的孤獨，前往探視。這一年，提倡「回應老人所需的老人志工」，成立「銀之會」志工團。英國彼得歐文出版社出版《留學》。

一九九〇年　平成二年　六十七歲

二月，為新長篇作品取材，遠赴印度，在德里的國立博物館看到查姆達像，前去

Benares取材，同月回國。七月，遷往目黑的花房山工作。八月，開始創作日記（歿後，出版《深河創作日記》）。九月，開始連載《男人的一生》。

一九九一年　平成三年　六十八歲

一月，擔任三田文學會理事長。五月，赴美參加約翰・凱洛爾大學舉辦的遠藤文學研究學會，同時獲頒名譽博士學位。與馬丁・史柯西斯（Martin Scorsese）導演會晤，商討《沉默》拍片事宜，同月歸國。九月，天主教東京教區百週年紀念，於中央會館發表演說。十二月，赴台灣，獲頒輔仁大學名譽博士學位。

一九九二年　平成四年　六十九歲

九月，診斷出腎有問題，隔月入院檢查。

一九九三年　平成五年　七十歲

五月，住進順天堂大學醫院，接受腎臟病的腹膜透析手術。隨即展開三年半與病魔搏鬥的住出院生活。六月，新作長篇小說《深河》由講談社出版發行。出版時，克服心臟引發的危篤狀況，撫摸送至床邊的《深河》。十一月，松村禎三作曲的歌劇《深河》於生日劇場首演。

一九九四年　平成六年　七十一歲

一月，於《朝日新聞》連載最後的歷史小說〈女人〉，直到十月，《深河》獲每日藝術獎。四月，英國彼得歐文出版社出版《深河》，是第十三部英譯版作品。隔月，《紐約時代》刊登橫跨二頁的書評、入圍 INDEPENDENT 新聞主辦之外國小說獎決選等，於世界各地獲得極高的評價。五月，原作《我．拋棄了的．女人》改編而成的音樂劇《別再哭泣》於音樂座公演。英國出版英譯版的《我．拋棄了的．女人》。

一九九五年　平成七年　七十二歲

一月，於《東京新聞》連載〈黑色揚羽蝶〉，因為健康不佳於三月二十五日停止連載。四月，再次住院。卸任三田文學會理事長。六月，出院。電影《深河》（熊井啟導演）殺青，遠藤觀看試片後哽咽不已。九月，因腦內出血住進順天堂大學醫院，之後，無法言語，藉緊握順子夫人之手傳達意思。十一月，獲頒文化勳章。

一九九六年　平成八年　七十三歲

四月，住院治療腎臟病。由腹膜透析換成血液透析。奇蹟式地好轉，其間口述筆記〈回憶佐藤朔老師〉成為絕筆之作。九月二十九日下午六點三十六分，因肺炎引起呼吸不順，逝世於醫院。臨走之際神色洋溢光采，握著順子夫人的手說道：「我已經走進光環中，見到母親及兄長，妳可以放心了。」十月二日，在佐麴町的教堂舉行告別式。彌撒司儀是井上洋治神父，由安岡章太郎、三浦朱門、熊井啟致悼辭。參加告別獻花的群眾多達四千人。靈柩中依其遺志置有《沉默》、《深河》兩部作品。遺骨葬在位於府中天主教墓園的遠藤家之墓，埋在母親與兄長之間。

一九九七年　平成九年

九月二十九日，近千位友人聚集於東京會館，舉行「遠藤周作先生追憶會」。十月，原作《我·拋棄了的·女人》電影版《愛》（熊井啟導演）殺青。

一九九八年　平成十年

四月，世田谷文學館舉辦「遠藤周作展」（六月結束）。七月，輕井澤高原文庫舉辦

「遠藤周作和輕井澤展」（九月結束）。

二〇〇〇年　平成十二年

長崎縣外海町的遠藤周作文學館預定於這一年完工。

二〇一五年

馬丁・史柯西斯赴台取景拍攝遠藤周作《沉默》。預定二〇一六年上映。

內容簡介

醜惡的世界要教我什麼呢？我完全不知。

我微小的希望是：光是否也能照射到這醜惡的世界來呢？

發表於一九八六年的《醜聞》，在遠藤的文學系列裡幾乎無法歸類，是非常特別的一部作品。創作於《沉默》、《武士》之後，直到《深河》集其大成之前，《醜聞》的發表可視為遠藤邁向創作生涯第三高峰前的「序作」。

故事描述一位蜚聲文壇的天主教作家勝呂，意外發現有名男子假冒他的身分出入風化場所，「雙面亞當」的不堪耳語如病毒般滲入勝呂精心打造的模範人生，眼看一樁深具毀滅性的醜聞爆發在即，主角為了捍衛聲譽，決定深入調查，在抽絲剝繭的過程中，真相呼之欲出，但內心無邊黑暗的罪惡意識，卻令人不斷下降沉淪，直到死亡降臨的那一刻……方得救贖。

在極力描述醜惡慾望的文字背後，作者欲探討的最終目標仍然是「人」。《醜聞》中遠藤再次提出：「最重要的是描寫人。」、「這是作家的第一目的，最重要的是探討人的內心深處，這是作家的絕對義務。而這個目的與義務，無論他是左翼作家也好，或是像我一樣不是純正的天主教徒也好，是不會改變的。至少到目前為止，我並沒有因自己的宗教信仰而美化了作品中的人性。」

《醜聞》的文學張力既激烈又具衝擊性，表面上以「私小說」的形式呈現，但作者其實有更大的布局——位於道德至高點的主角視野中，不僅看見了各角色不為人知的一面，也看見了那些肉眼看不見的，自我壓抑、不堪示人的一面。而從角色細膩的心理塑造，以及繁複的人物關係設定中，亦可看出作者在致力挑釁、揭露人性醜惡之餘，最終仍渴望靈魂淨化的企圖。

作者簡介

遠藤周作

近代日本文學大家。一九二三年生於東京，慶應大學法文系畢業，別號狐狸庵山人，曾先後獲芥川獎、谷崎潤一郎獎等多項日本文學大獎，一九九五年獲日本文化勳章。遠藤承襲了自夏目漱石、經芥川龍之介至崛辰雄一脈相傳的傳統，在近代日本文學中居承先啟後的地位。

生於東京、在中國大連度過童年的遠藤周作，於一九三三年隨離婚的母親回到日本；由於身體虛弱，使他在二次世界大戰期間未被徵召入伍，而進入慶應大學攻讀法國文學，並在一九五〇年成為日本戰後第一批留學生，前往法國里昂大學留學達二年之久。

回到日本之後，遠藤周作隨即展開了他的作家生涯。作品有以宗教信仰為主的，也有老少咸宜的通俗小說，著有《母親》、《影子》、《醜聞》、《海與毒藥》、《沉默》、《武士》、《深河》、《深河創作日記》、《遠藤周作怪奇小說集》等書。一九九六年九月辭世，享年七十三歲。

譯者簡介

林水福

日本國立東北大學文學博士。曾任輔仁大學外語學院院長、日本國立東北大學客座研究員、日本梅光女學院大學副教授、中國青年寫作協會理事長、中華民國日語教育學會理事長、台灣文學協會理事長、國立高雄第一科技大學副校長與外語學院院長、文建會（現文化部）派駐東京台北文化中心首任主任；現任南台科技大學應用日語系教授、國際芥川學會理事兼台灣分會會長、國際石川啄木學會理事兼台灣啄木學會理事長、日本文藝研究會理事。

著有《讚岐典侍日記之研究》（日文）、《他山之石》、《日本現代文學掃描》、《日本文學導讀》（聯合文學）、《源氏物語的女性》（三民書局）、《中外文學交流》（合著、中山學術文化基金會）、《源氏物語是什麼》（合著）、譯有《一握之砂 石川啄木短歌全集》（有鹿出版社）、遠藤周作《母親》、《影子》、《我・拋棄了的・女人》、《海與毒藥》、《醜聞》、《武士》、《沉默》、《深河》、《對我而言神是什麼》、《深河創作日記》、《遠藤周作怪奇小說集》；井上靖《蒼狼》；新渡戶稻造《武士道》；谷崎潤一郎《細雪》（上下）、《痴人之愛》、《卍》、《鍵》、《夢浮橋》、《少將滋幹之母》、《瘋癲老人日記》；大江健三郎《飼育》（合譯、聯文）；與是永駿教授編《台灣現代詩集》（收錄二十六位詩人作品）、《シリーヅ台湾現代詩ⅠⅡⅢ》（國書刊行會出版，收錄十位詩人作品）；與三木直大教授編《暗幕の形象―陳千武詩集》、《深淵―瘂弦詩集》、《越えられない歷史―林亨泰詩集》、《遙望の歌―張錯詩集》、《完全強壮レシぴ―焦桐詩集》、《鹿の哀しみ―許悔之詩集》、《契丹のバラ―席慕蓉詩集》、《乱―向陽詩集》；評論、散文、專欄散見各大報刊、雜誌。研究範疇以日本文學與日本文學翻譯為主，並將觸角延伸到台灣文學研究及散文創作。

文字校訂

馬興國

中興大學社會系畢業，資深編輯。

立緒文化事業有限公司　信用卡申購單

■信用卡資料

信用卡別（請勾選下列任何一種）

□VISA　□MASTER CARD　□JCB　□聯合信用卡

卡號：________________

信用卡有效期限：______年______月

訂購總金額：________________

持卡人簽名：________________（與信用卡簽名同）

訂購日期：______年______月______日

所持信用卡銀行________________

授權號碼：________________（請勿填寫）

■訂購人姓名：________________ 性別：□男□女

出生日期：______年______月______日

學歷：□大學以上□大專□高中職□國中

電話：________________ 職業：________________

寄書地址：□□□

____

■開立三聯式發票：□需要　□不需要（以下免填）

發票抬頭：________________

統一編號：________________

發票地址：________________

■訂購書目：

書名：________、______本。書名：________、______本。

書名：________、______本。書名：________、______本。

書名：________、______本。書名：________、______本。

共______本，總金額________________元。

⊙請詳細填寫後，影印放大傳真或郵寄至本公司，傳真電話：(02)2219-4998

國家圖書館出版品預行編目 (CIP) 資料

醜聞 / 遠藤周作著 ; 林水福譯 . --
初版 . – 新北市：立緒文化，民 104.07
面； 公分 . --（新世紀叢書）

ISBN 978-986-360-039-8（平裝）

861.57 104010715

醜聞　スキャンダル

出版——立緒文化事業有限公司（於中華民國 84 年元月由郝碧蓮、鍾惠民創辦）
作者——遠藤周作
譯者——林水福

發行人——郝碧蓮
顧問——鍾惠民

地址——新北市新店區中央六街 62 號 1 樓
電話——(02)2219-2173
傳真——(02)2219-4998
E-mail Address—service@ncp.com.tw
網址—http://www.ncp.com.tw
Facebook 粉絲專頁—https://www.facebook.com/ncp231
劃撥帳號—1839142-0 號　立緒文化事業有限公司帳戶
行政院新聞局局版臺業字第 6426 號

總經銷——大和書報圖書股份有限公司
電話——(02)8990-2588
傳真——(02)2290-1658
地址——新北市新莊區五工五路 2 號
排版——菩薩蠻數位文化有限公司
印刷——祥新印刷股份有限公司

法律顧問—敦旭法律事務所吳展旭律師

分類號碼——861.57
ISBN——978-986-360-039-8
出版日期—中華民國 104 年 7 月　初版　一刷 (1 ～ 2,000)

本書之中文版權由遠藤龍之介先生授權、林水福先生代理
立緒文化事業有限公司出版發行

定價◎ 350 元　立緒